田中大士

衝撃の『万葉集』伝本出現
——廣瀬本で伝本研究はこう変わった——

はなわ新書
085

目　次

序　廣瀬本『万葉集』の出現

新聞報道

日本の古典文学の研究は、なかなか人気のある分野と言うことが出来ます。市民講座でも、『万葉集』や『源氏物語』、『平家物語』、『奥の細道』などの講座は、満席になる事が少なくありません。古典離れという言葉も聞かれますが、人々の間で、未だに古典作品についての関心は高いようです。

しかし、その古典文学はどうして現在まで伝わってきたか。作品が作られた時代から今に到るまで、どのように伝わってきたかを調べるのは、古典文学研究では重要な分野なのですが、こちらの方への関心は高いとは言えません。いわゆる伝本研究の分野です。そのあまり日の目を見ない伝本研究の中でも、『万葉集』の伝本研究はその最たるものに数えられます。

万葉集「幻の定家本」全20巻の写し発見
原本解明の手がかりに
定本と異なる記述も

一般からの関心はもちろん、『万葉集』の研究者の中でももっとも関心の薄い分野に挙げられます。

そんな『万葉集』の伝本研究で、その発見が新聞の第一面を飾ったことがありました。もう一昔前のことですが、我々関係者にとっては忘れられない出来事です。

平成五年（一九九三）一二月二六日、クリスマス気分もぬけやらぬ朝の廣瀬本『万葉集』発見の報道には、本当に度肝を抜かれました。『万葉集』の伝本研究は、かなり早い時期から進められており、伝本の渉猟にも手が尽くされました（その大方は大正年間にすでに固められていました）。長年新しい伝本の出現はなく、もはや画期的な発見などないだろうという風潮がありました。そこにこの報道です。学界全体が色めき立ったことは間違いありません。

あれから二七年もの歳月が流れました。筆者が、大事にとっておいた新聞記事もだいぶ色あせて来ています。しかし、廣瀬本出現により、『万葉集』の伝本研究は大きな飛躍を遂げています。ただ、廣瀬本が切り開いた研究の方向は、当初考えられたものとはずいぶん異なったものになっています。廣瀬本出現から四半世紀たった今、新たになった『万葉集』の伝来の姿を総括しておく意味はあるかと思います。

ちなみに、「廣瀬本」という名称は、当時の所蔵者の廣瀬捨三氏（元関西大学学長）からつけられたものです。その縁で、現在は関西大学の所蔵に帰しています。[1]

当時の視点

当時の新聞記事の趣旨は、大きく三つ。一つは、古典作品の書写で有名な藤原定家書写本の流れを汲む本であること。二つ目は、『万葉集』の古写本には珍しい完本であること。そして三つ目は、『万葉集』の原本の姿を伝える本文が見出されたことです。

第一は、廣瀬本が、藤原定家書写本の流れを汲む本だったと言うことです。藤原定家は『新古今和歌集』の撰者をつとめるなど歌人として有名ですが、一方、古典書写の方面でもよく知られています。現在でも、『源氏物語』、『古今和歌集』などは、定家による校訂本がテキストの底本になっているなど、大きな影響力があります。それまで、『万葉集』には定家が関わった本は知られていませんでしたから、この本の出現によって『万葉集』のテキスト論が大きく変わるのではという期待もあったかと思います。後で述べることですが、廣瀬本は、『源氏物語』、『古今和歌集』のような定家の校訂本とは異なった性格である事がわかってきています。

第二は、廣瀬本が完本であったと言うことです。『万葉集』は二十巻で出来ています。『万葉集』の伝本は平安時代書写のものもあり、古典作品としては伝本に比較的恵まれた状況ですが、たとえば、一一世紀半ば頃の書写とされる現存最古の桂本は、巻四の一部しか残っていないなど、古い伝本は残っている巻の方が少ない状況で、二十巻そろいの完本は、鎌倉時代に仙覚《せんがく》という学僧が校訂した本の系統しかなかったのです。仙覚校訂本以外の本（これを非仙覚本といいます）では、初めての完本だったのです。この完本であるということがきわめて重要な要素だったのですが、それは後ほど説明します。

第三は、廣瀬本出現により、従来の伝本では十分満足いかなかった部分に新たな本文が得られたということです。古典作品のほとんどは原本が失われています。その原本の姿を、現在に残った伝本を見比べて復元する作業が校訂です。その際、より原典に近い姿を持っている本が得られれば、より正確な校訂が望めることになります。廣瀬本は、そのような本として、大きな期待を集めていたことがわかります。

新しい本文は見つかったか

それでは、廣瀬本によって、どのくらい新しい本文が得られたのでしょうか。廣瀬本は、新聞報道の翌年に、『校本万葉集』の別冊として写真版が刊行されました。また、『校本万葉集』（新増補・追補　第一八巻　平成六年）の中に、「廣瀬本万葉集解説」が収められ、詳細な解説がなされています。さらには、同書新増補の編者の一人である木下正俊氏が中心となり、校訂本（塙書房　補訂版　平成一〇年）、注釈書（新編日本古典文学全集『万葉集』一～四　平成六～八年）で廣瀬本の校異を積極的に取り込んだ試みがなされています。

その結果、もちろん新たな本文が得られたところも少なくはありません。しかし、それまで期待されていたような画期的な変化は無かったように思います。どうしてでしょうか。もし、廣瀬本から今まで得られなかったような新しい本文がたくさん得られるとしたら、それは、廣瀬本が今まで知られていた伝本とはまったく異なった系統の本である場合です。

しかし、結論を先取りして言えば、廣瀬本は、従来の伝本と異なった系統の本ではなく、むしろ積極的に従来の伝本の関係に繰り込んで考えるべき伝本だったのです。

新しい本文が得られなかったことからは、大きな期待を寄せていた学界では静かな失望が生じました。「静かな」というのは、表だってその失望は言明されなかったということです。しかし、それゆえ廣瀬本発見の際の熱狂というものは、その後すっかり冷めていったように思います。当時、廣瀬本には過度な期待があったように思います。廣瀬本が、平安時代にはじめて訓が付された、源順《みなもとのしたがう》の時代の本の姿を反映しているのではないかという発言もあるなど、廣瀬本によって一挙に原本に近づく手立てを得たという幻想が学界全体にあったように思います。当初、筆者にもそのような期待があったことは否定できません。

しかし、新たな伝本が出現したとき、まずは、今まで知られている伝本群の中で、どこに位置づけるかを考えるのがごく一般的な態度ではないでしょうか。もし、廣瀬本が、従来知られている伝本と異なった系統に属するとしても、その手続きを経ないうちに、結論を出すことは不可能なはずです。しかし、その手続きはなされませんでした。それには相応の理由があります。

まず、廣瀬本発見当時の『万葉集』の伝本研究の状況から見てゆきましょう。

第一章　廣瀬本以前の伝本研究

校本万葉集

『万葉集』の伝本研究は、我が国の古典研究で最も早く整備が進みました。大正一三年（一九二四）から一四年にかけて刊行された『校本万葉集』は、他の先品に先駆けて伝本の調査、整備を行っただけでなく、きわめて高い水準で研究を行っています。編者の一人である佐佐木信綱氏の献身的な文献渉猟のため、当時調べられる限りの『万葉集』文献が調べ尽くされたと言えます。刊行から七〇年たった廣瀬本の発見まで、廣瀬本のような新たな伝本がほとんど見出されなかったのは、この佐佐木氏の徹底ぶりが一つの原因だったと言えます。

そして、個々の伝本についての調査も詳細で、これらの成果が、主として同書首巻にまとめられています。『校本万葉集』は、その後、増補（昭和七年）、新増補（昭和五五年〜五六年）、新増補・追補（平成六年）と新たに見出された資料を追加してゆきました。

一方、『校本万葉集』の充実ぶりとは対照的に、他の万葉伝本研究は振るいませんでした。ひとつには、『校本万葉集』の詳細な記述を前にして、伝本研究の転換を促すような発見が見出しにくかったことがあるかと思います。この本に準ずる業績と言えるものは、『古筆学大成』（第十二巻　平成元年）を挙げうるに過ぎません。同書は、『万葉集』の断簡（本から一枚ずつ切り取られたものを言います）を総合的に収集しています。

仙覚校訂本と非仙覚本系統

『万葉集』の諸伝本は、『校本万葉集』（首巻　本書で『校本万葉集』というときには、この首巻を言います）により、仙覚校訂本と非仙覚本系統に分けられます。

仙覚校訂本は、鎌倉時代の仙覚によって校訂された本の仲間です。

非仙覚本系統は、「非仙覚本」すなわち、仙覚本にあらざる本を意味し、仙覚校訂本以外の伝本の総称です。ただし、時代的には、おおよそ平安、鎌倉時代の古写本についての呼び名です。仙覚校訂本以前の『万葉集』の姿を知る資料という位置づけです。

『校本万葉集』は、『万葉集』の諸本をこの二種類に分け、個々の伝本、或いは伝本同士の関係について詳細に記述しています。

非仙覚本系統には、訓が平仮名の本と片仮名の本とがあります。一方、仙覚校訂本も、第一次校訂本（寛元本と呼ばれます）と第二次校訂本（文永本と呼ばれます）と大きく二種類に分けられます。つまり、『万葉集』の伝本は次のようになります。

非仙覚本系統
　平仮名訓の本
　片仮名訓の本
仙覚校訂本
　第一次校訂本（寛元本）
　第二次校訂本（文永本）

諸本の姿

右のように分けられる『万葉集』諸本が、具体的にどのような姿をしているかをざっと見ておきましょう。その前に、『万葉集』の歌本文と訓の関係について説明しておきましょう。

現在、『万葉集』の歌が紹介される時には、漢字仮名交じりで表記されることが多いと思います。

大宰師大伴卿の京に上りし後に、沙弥満誓、卿に贈る歌二首

まそ鏡　見飽かぬ君に　後れてや　朝夕に　さびつつ居らむ

これは、『万葉集』巻四、五七二の歌です。右が題詞といって、詠出の事情などを語るものです。ここでは、太宰府の長官大伴《おおともの》旅《たび》人《と》が任を終えて都に戻った後、満誓という僧がその名残を惜しんで詠んだ歌ということになります。そして続くのが歌です。「いくら見ても見飽きないあなたに取り残されて、朝に夕に恋しく思うのですね」という内容です。なお、五七二という数字は『万葉集』の歌番号です。『万葉集』は、四五〇〇首あまりの歌について番号が付けられています。本書では、旧『国歌大観』番号にしたがって番号を付して行きます。現在の多くの『万葉集』テキストが、この番号を使用しているためです。

右の歌は、『万葉集』の原本では、次のようであったと推測されます。

大宰師大伴卿上京之後沙弥満誓贈卿歌二首

真十鏡見不飽君尓所贈哉旦夕尓左備乍将居

漢字だけで表記されています。これは、皆さんが学校で習ったように、『万葉集』が生まれた時代は、いまだ平仮名、片仮名が無かった時代です。結句の「さびつつ居らむ」（寂しい気持ちを持ち続けているのですね）という句を表現するために「左備乍将居」という風に表現す

るしかなかったのです。いきなりこれだけを見せられたら、読むのはなかなか大変そうですね。

万葉時代はこれでも読まれていたのですが、平安時代になると、『万葉集』のこのような表記は、さすがに読みにくくなったようです。平安時代中期の村上天皇の時代、天皇が源順らに命じて、『万葉集』の歌に読みを付けさせました。これを訓と言います。それ以降、『万葉集』の伝本は、万葉時代の漢字（真名とも言います）とその読みである訓とが相沿うことになったのです。我々は、この万葉歌の真名を歌本文と言っています。『万葉集』の伝来の歴史は、この歌本文と訓とがどのように表記されるかという歴史でもあります。

まず、非仙覚本系統の平仮名の訓の本です。

図1は、桂本です。平安期一一世紀半ば頃の書写と言われています。現存最古の写本です。画像をご覧いただきますと、先ほどの漢字だけの表示と比べても、何か異様な感じがすると思います。何が変なのでしょう。イは題詞ですが、題詞が歌よりも高くなっているのがおわかりでしょうか。これが桂本の大きな特徴です。日本の和歌集で、題が歌より高く書かれるのは『万葉集』だけで、しかも、書写の古い、ごくわずかな本にしか見られません。(2)『万葉集』の原本は、このような形であったと推定されています。ロは、歌本文です。そして、ハ

が訓です。歌本文の次に行を取って平仮名で書かれています。

　ますかゝみあかさるきみにおくれてや

　あしたゆふへにさひつゝをらむ

このような付訓形式を平仮名別提訓と読んでいます。歌本文とは別に訓が行を取って書かれるという意味です。このような形式は、平安期書写の伝本によく見られます。

A　桂本

イ　ロ　ハ

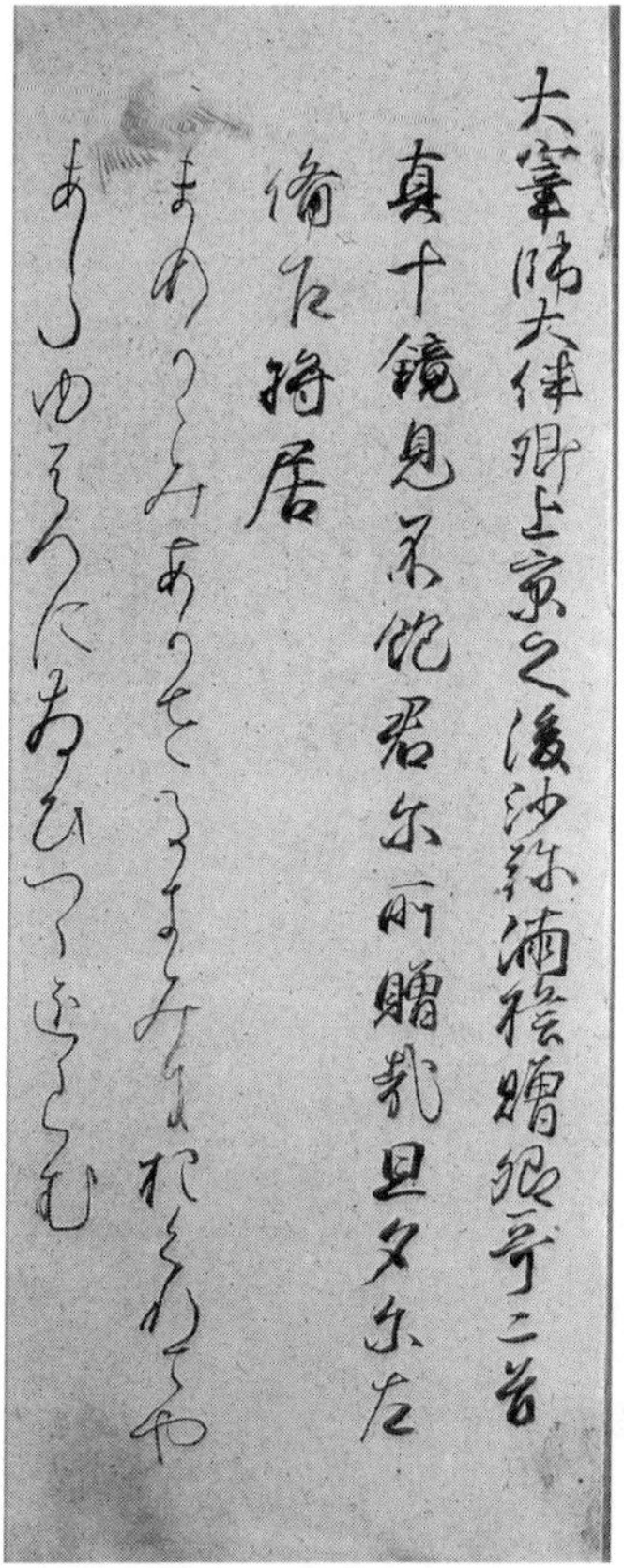

図1　桂本（宮内庁蔵）

B　元暦校本

ニ　ホ　ヘ

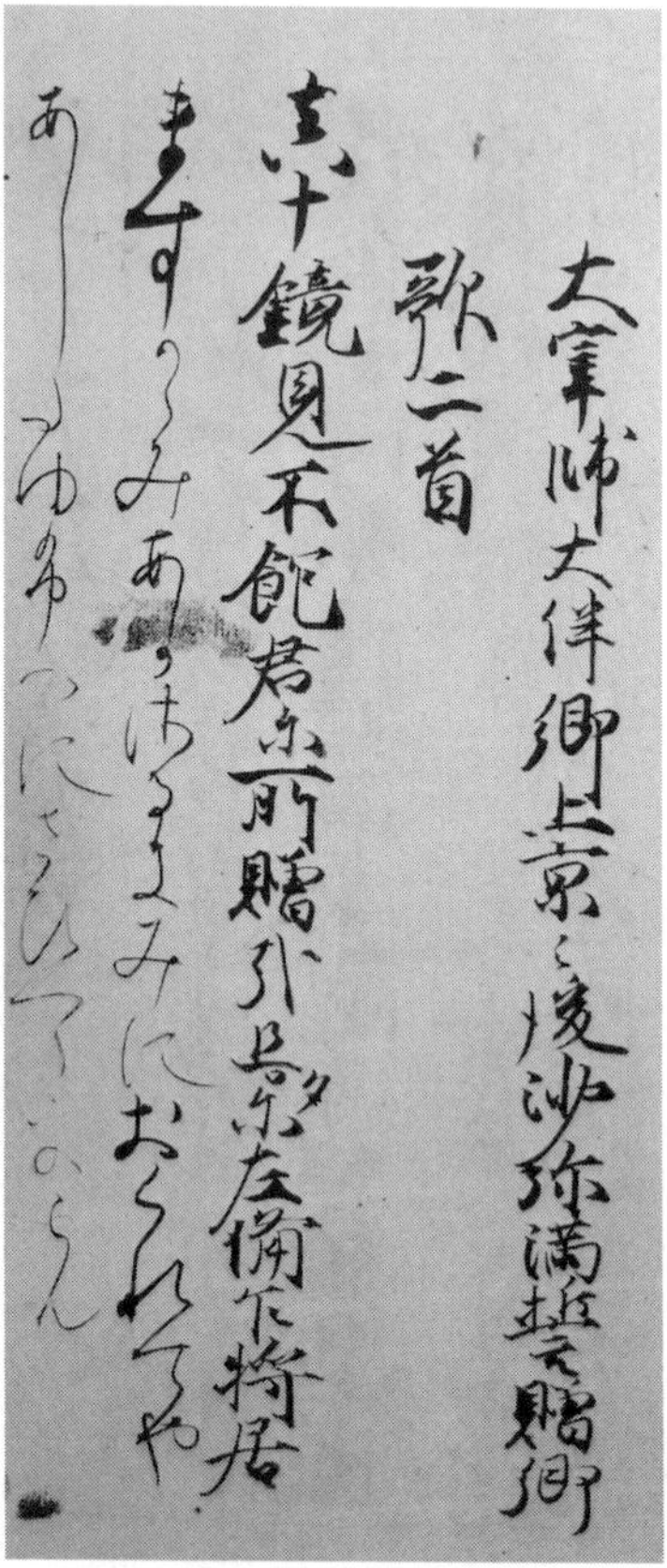
大宰帥大伴卿上京之後沙弥満誓贈卿
歌二首
真十鏡見不飽君尓所贈哉旦夕尓左備乍将居

図２　元暦校本（東京国立博物館蔵）

図2は、元暦校本です。一二世紀初め頃の書写と考えられています。これは、ニの題詞が歌よりも低く書かれているのがわかります。『万葉集』は平安時代の写本がいくつかありますが、たいがいはこのように題詞は歌より低く書かれています。題詞が高い形は、それだけ特殊なものと言うことになります。そしてホが歌本文、ヘが訓です。訓は桂本と同じ平仮名

別提訓です。

このように平仮名別提訓の本は、題詞が高い本、題詞が低い本の二種類があります。

次に図3です。これが廣瀬本です。廣瀬本は、トの題詞が低く、チ歌本文があり、リの訓は別提で、しかし、片仮名で書かれています。A・Bとは異なり、片仮名訓の本なのです。

図4は紀州本です。ヌの題詞はやはり歌より低く書かれています。そしてルが歌本文ですが、歌本文とともに訓が片仮名で傍らに付されています。つまり、訓の種類は片仮名、付訓は歌本文の傍らと言うことで、片仮名傍訓と呼ばれています。

C　廣瀬本

ト　チ　リ

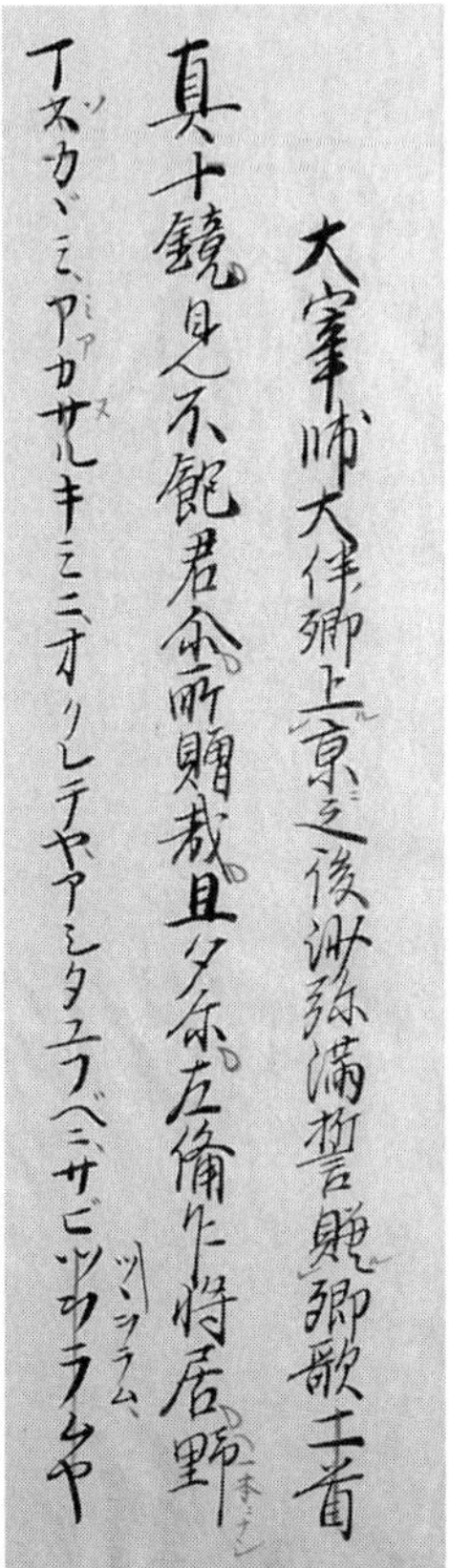
大宰帥大伴卿上京之後沙弥満誓贈卿歌二首
真十鏡見不飽君尒所贈哉旦夕尒左備乍将居

図3　廣瀬本（関西大学蔵）

D　紀州本

ヌ　ル

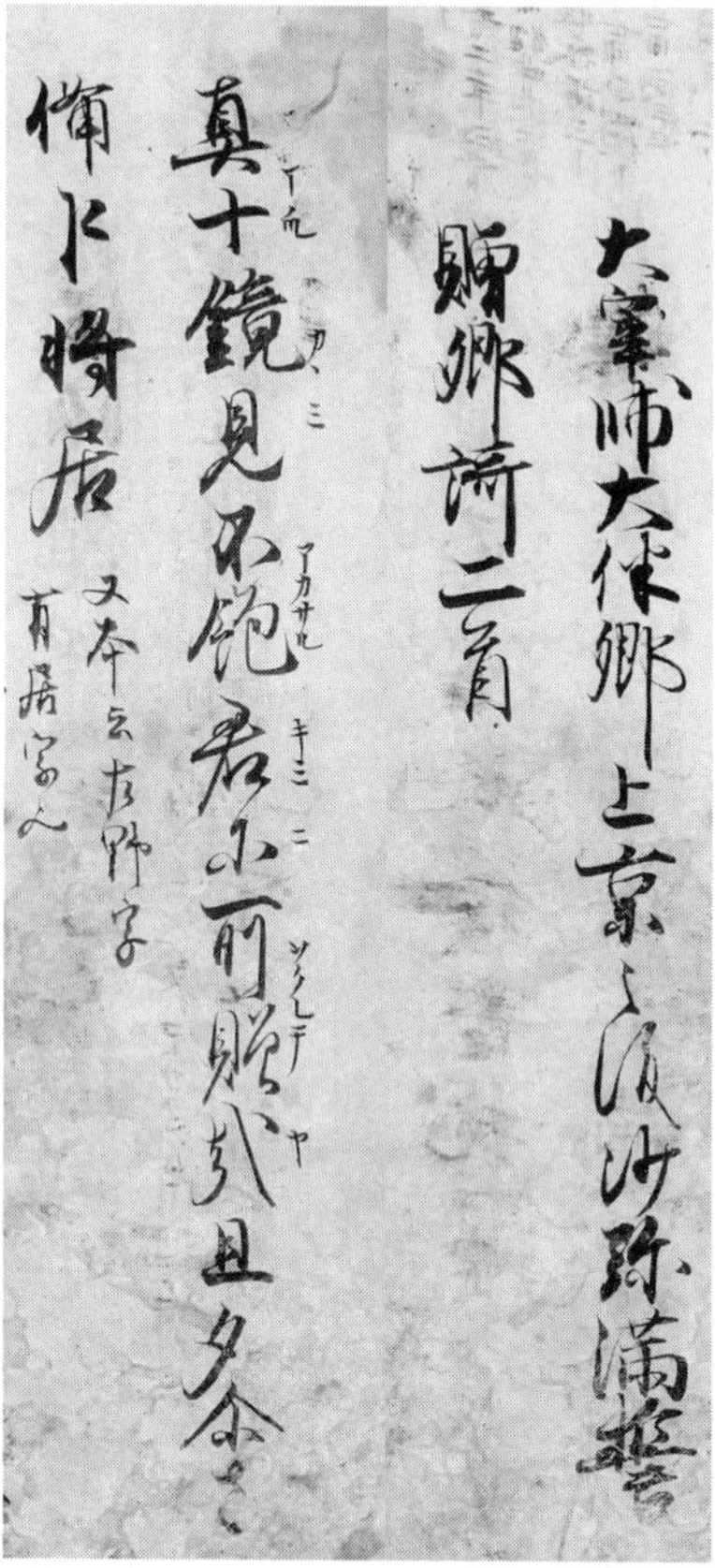

図4　紀州本（昭和美術館蔵）

以上が、非仙覚本系統の付訓形式のヴァリエーションになります。それでは、仙覚校訂本の方はどうでしょうか。ちなみに、校訂本というものは、ある本をもとにして、数種類の伝本と見比べながら、原本の姿に近づけようとした本です。

図5は、仙覚第一次校訂本（寛元本）の伝本の一つである神宮文庫本です。ヲは題詞で歌よりも低く、ワは歌本文で片仮名傍訓になっています。

図6は、仙覚第二次校訂本（文永本）の代表的伝本の西本願寺本です。カ、ヨと見ていた

E　神宮文庫本

ヲ　ワ

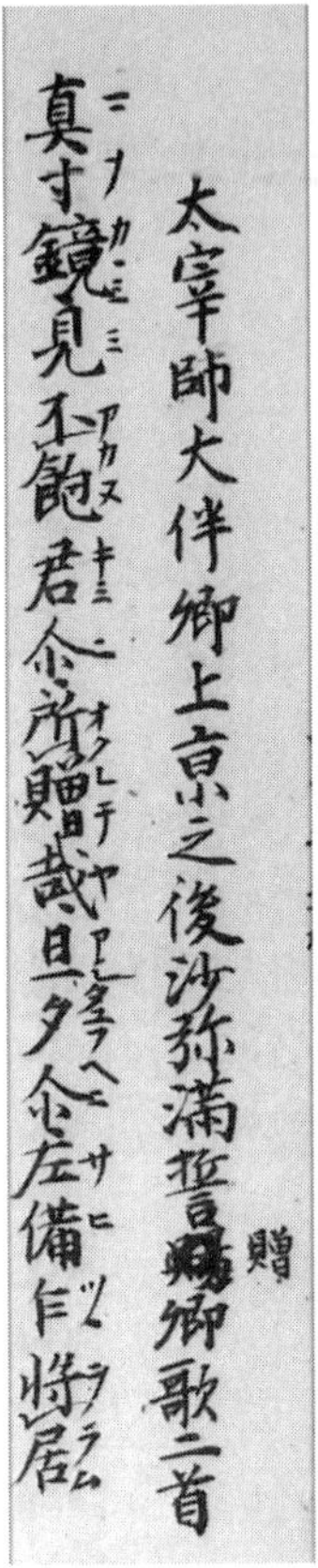

図5　神宮文庫本
（神宮文庫蔵）

F　西本願寺本

カ　ヨ

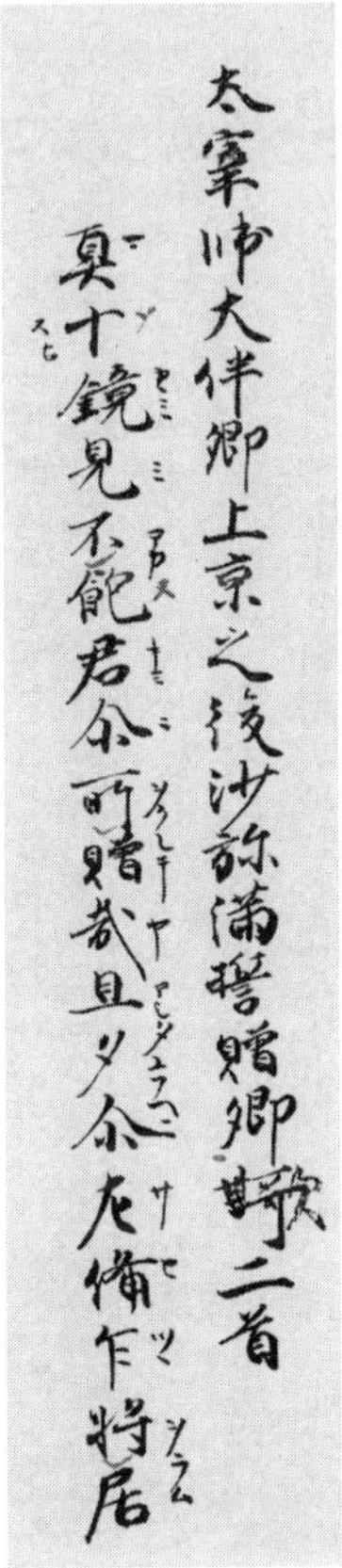

図6　西本願寺本
（石川武美記念図書館蔵）

だくと、ヨで、この本が片仮名傍訓であることはおわかりいただけると思いますが、カの題詞が歌より高く書かれていることに驚かれるかもしれません。そう、西本願寺本は、題詞が歌より高く書かれているのです。これは、校訂を行った仙覚が、『万葉集』の伝本をあれこれ見てきた経験の中で、古い本は題詞が歌より高いという知見を得、第二次校訂本から、より古い時代の本の形式である、歌より題詞が高い形式を採用した由、自ら述べています。

第二章　廣瀬本で何がわかったか

平仮名訓本と片仮名訓本

非仙覚本系統の諸本は、平仮名訓の本と片仮名訓の本とに分かれています。直感的に言えば、訓の種類から非仙覚本系統は、平仮名訓の本と片仮名訓の本の二種類に系統上分けられると言えそうに思われます。しかし、多くの『万葉集』伝本を精査した『校本万葉集』には、そのような記述は一切見られません。これは、不思議なことです。平仮名訓の本の多くは平安時代書写、片仮名訓本は鎌倉時代以降の書写と書写時代も分けられます。にもかかわらず、『校本万葉集』には、非仙覚本系統内での系統分けの記述は一切ありません。どうしてでしょう。

先ほども述べましたが、『校本万葉集』が諸伝本の内容について十分調査していないからと言うわけではありません。同書は、各本の性格、また、本同士の関係などにも細やかに調査を行っているのです。それでも、系統分けに言及していないのです。系統分けに言及していないだけでなく、言及していない理由も述べられていません。普通の古典作品だったら、平仮名訓の本と片仮名訓の本の本文を比較して、その本文傾向の違いから系統の違いを明らかにするという方法が行われたと思います。しかし、『万葉集』の場合、諸本間での本文の揺れが小さく、しかも、平仮名訓の本と片仮名訓の本とで歌本文、訓ともに決定的な違いが無いことが報告されています（小島憲之「萬葉集古写本に於ける校合書入考」国語国文第十一巻第五号昭和一六年五月等）(3)。

また、『校本万葉集』は、別の箇所で、『万葉集』の付訓の歴史について、現在は古い伝本は平仮名訓ばかりであるが、古い時代に片仮名訓が用いられていたという可能性を述べています。つまり、現在は残っていないけれども、平安時代にも片仮名訓の本があったと想定しているのです。ならば、現存する片仮名訓の諸本の書写が遅くても、中には由来の古い本も混じっているのではないかという危惧があったのかもしれません。

『校本万葉集』は、このように非仙覚本系統の諸本の系統分けに沈黙しており、続く伝本研究でも、先ほどの小島論文のように、訓の仮名の種類で系統分けすることが難しいことを示唆する論こそあれ、積極的に系統上の分類が出来るとする研究は出現しなかったのです。

ただ、廣瀬本が出現する前後の時期に、山崎福之氏によって、非仙覚本系統の片仮名訓の本は、相互に歌本文や訓に類似が見られるとする主張が一連の論で行われていました（「類聚古集の片仮名訓書入」万葉第一一三号　昭和五八年三月等）(4)。この主張は、筆者のこれから述べて行く論の先鞭を付けるものであることには間違いはありません。しかし、アプローチの仕方はいささか異なっていました。

完本の出現

廣瀬本が出現したのは、そのような研究状況の中でした。けれども、先述のように、廣瀬本が出現した当初は、定家本としてどのように見られるかという観点と廣瀬本がいかに優れた本文を持っているかという観点に関心が注がれ、廣瀬本が現存諸本の中でどこに位置づけられるかという観点には関心が行きませんでした。

もっとも、それまで非仙覚本系統には平仮名訓の本と片仮名訓の本を分類する試みさえなされていなかったわけですから、そもそも廣瀬本をどこに位置づけるといっても、位置づける枠組みすら無かったということができます。そこに廣瀬本が出現したことに一体どんな意味があったのか。

最も大きい要素は、廣瀬本が完本であるということです。廣瀬本は、巻十の三分の二以上が欠けるという大きな欠落はあるものの、基本的には二十巻そろいの完本です。それまでの非仙覚本系統の本は、平仮名訓の本では多くの本文が残る元暦校本でも十五巻分しかありませんし、片仮名訓の本の代表である紀州本は、二十巻そろいの本ではあるのですが、巻十一以降は仙覚校訂本、つまり、非仙覚本系統であるのは巻十までなのです。

他の伝本では、残っても一、二巻という例も少なくありません。諸本を系統的に分類するときに大事なのは、諸本の関係が第一巻から第二十巻まで一貫して確認できることです。そのためには、少なくとも一本は二十巻そろいの本があり、それを軸にして系統を見定める必要があります。

廣瀬本の出現によって、まずその最低限の条件が備わったと言うことが出来ます。

長歌の訓

廣瀬本出現の前から、平仮名訓の本と片仮名訓の本との違いとして、経験的に前者には長歌訓がなく、後者には比較的長歌訓があるという知見はあったように思います。たとえば、図7のような例です。

図7は、桂本の巻四、五四六から五四七です。タは五四六の長歌の題詞、レは長歌の歌本

ネ　　ツ　ソ　　　　　　　レ　　タ

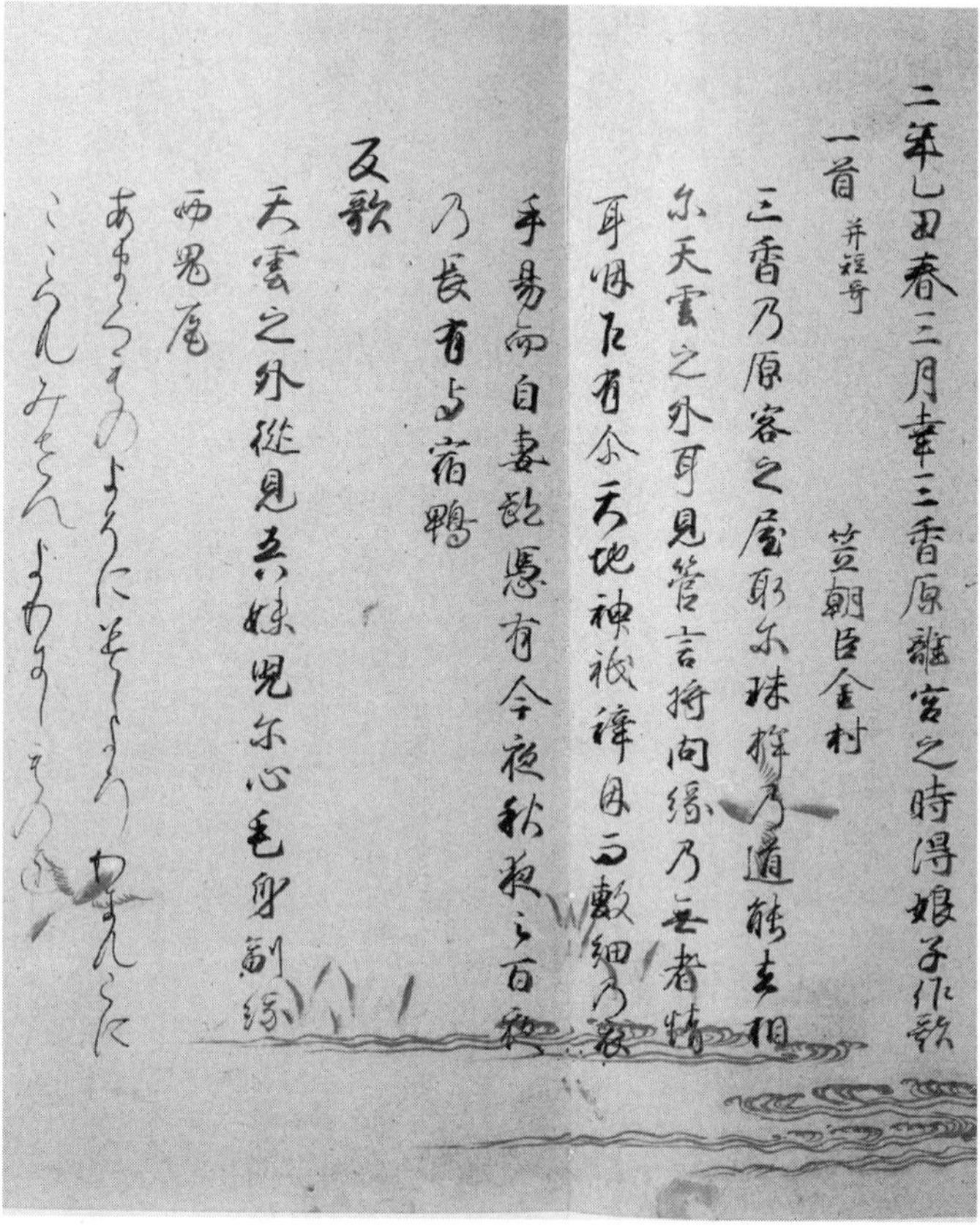
二年乙丑春三月幸三香原離宮之時得娘子作歌
一首　并短哥　　笠朝臣金村
三香乃原客之屋取尓珠桙乃道能去相
尓天雲之外耳見管言将問縁乃無者情
耳咽乍有尓天地神祇辞因而敷細乃衣
手易而自妻跡憑有今夜秋夜之百夜
乃長有与宿鴨
反歌
天雲之外従見吾妹児尓心毛身副縁
西鬼尾
あまくものよそにみしよりわきもこに
こころもみさへよりにしものを

図7　桂本（宮内庁蔵）

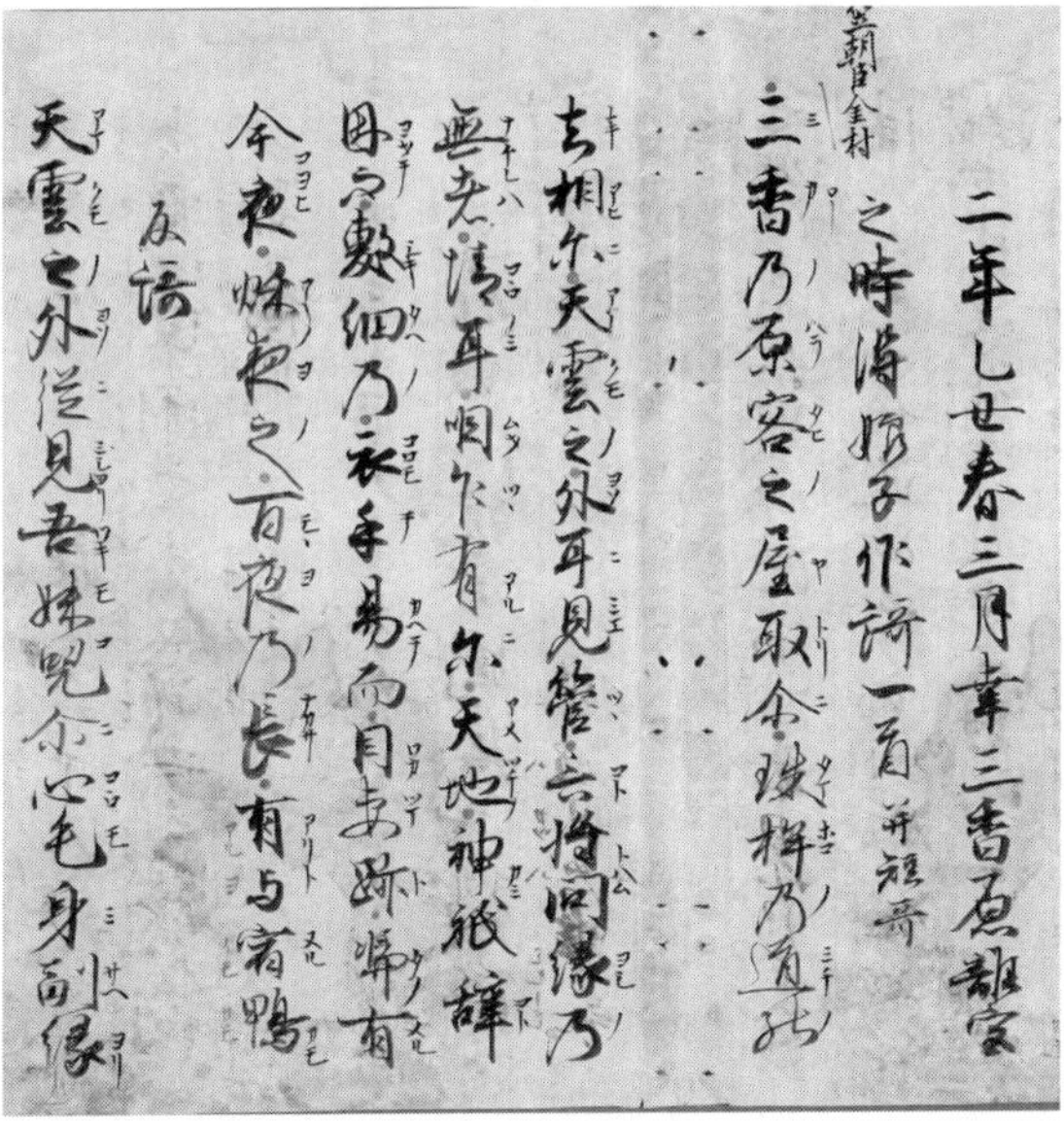

図８　紀州本（昭和美術館蔵）

文です。桂本は平仮名別提訓なので訓は歌本文に続いて付されるのですが、レの歌本文五行の後には、ソ「反歌」が続いています。これは、次の五四七の題詞です。つまり、五四六には訓が無いのです。続く五四七（短歌）では、ツの歌本文の後にはネの訓が備わっています。桂本には五四六の長歌に訓はありません。この歌については、平仮名訓の本の元暦校本、類聚古集で歌が存在しますが、いずれも訓はありません。

図８は、片仮名訓の本の紀州

本の同じ歌です。先にも述べましたように、紀州本は片仮名傍訓の本ですが、左の短歌（五四七）だけでなく、右側の長歌にも訓があることがわかります。片仮名訓の本では、他の廣瀬本や元暦校本代赭書き入れにも訓が見られます。

このように、五四六の一首を見ただけでも、平仮名訓の本と片仮名訓の本とで長歌訓の有無に大きな違いが見られます。ただし、詳細に見てゆくと、片仮名訓の本にも、長歌に訓がある歌と無い歌とが見られ、すべての長歌に訓があるわけではなさそうなのです。

しかも、片仮名訓の本は、紀州本が巻十までしか現存しませんし、元暦校本代赭《たいしゃ》書き入れというのは、平仮名訓本の元暦校本に別の片仮名訓の本によって書き入れられているものなのですが、これも元暦校本が現存する十五巻しか見ることが出来ません。したがって、片仮名訓の本の長歌訓の有る無しの分布は、かなりの歯抜け状態でしか確認できなかったのです。しかし、そこに完本の廣瀬本が出現しました。それでは、廣瀬本を含めた長歌訓の有無の一覧表をご覧ください。

次頁は、長歌訓の一覧です。『万葉集』は二十巻。便宜上、二十巻の前半を上の段、後半を下の段に置いています。一番右が巻次、次の行がその巻に存する長歌の数です。二十巻のうち、巻七、十一、十二、十四が抜けていますが、これら四巻には長歌が無いためです。上

『万葉集』長歌訓一覧

巻次	長歌数	桂本	金沢本	藍紙本	尼崎本	伝壬生隆祐筆本	天治本	類聚古集	元暦校本	元暦校本代赭	紀州本	廣瀬本	古葉略類聚鈔
1	16							0/14	0/15	14/15	16/16	16/16	14/14
2	19		0/17				4/4	0/16	0/3	3/3	19/19	19/19	0/3
3	23							2/18			23/23	23/23	5/5
4	7	0/3	0/2					1/6	1/7	6/7	7/7	7/7	
5	10							0/3			10/10	10/10	
6	27		0/4					0/15	0/27	26/27	27/27	27/27	6/6
8	6					1/4		1/4		14/14	6/6	4/5	
9	22			2/22				3/17	0/14	3/3	22/22	22/22	
10	3							0/3	1/3		3/3	0/1	
13	66						0/66	1/57	0/65	4/65		1/66	1/1
15	5						1/3	1/4				3/5	3/3
16	7				0/7			0/6				0/7	
17	14							0/9	0/14	0/14		0/14	
18	10			0/1				0/7	0/10	1/10		0/10	
19	23							0/17	0/23	18/23		18/23	
20	6							0/5	0/6	0/6		0/5	

端には伝本名が載せてあります。桂本以下太線の右の元暦校本までが平仮名訓の本、太線より左が片仮名訓の本になります。それぞれの欄の見方ですが、例えば巻二の金沢本には「0/17」となっています。これは、金沢本は、巻二の長歌一九首の内、一七首が現存しており、一七首全てに訓が無いと言うことを意味します。金沢本などの古い伝本は、巻二の部分が残っていても一部分が欠けていることが多いため、何首が残っているかの情報が必要なのです。同じ巻二の廣瀬本では、「19/19」となっていますが、これは、巻二の長歌を全て備えていて、かつ、全ての長歌に訓があると言うことを意味します。

まず、上の段（巻十まで）を見ていただきますと、太線の右と左とで極端な違いがあることがわかるかと思います。欄内の分子は長歌に訓がある数なのですが、太線より右の平仮名訓の本には0が目立ちます。有る場合も、1とか2とか、分母に対して極端に少ないことがわかります。一方、太線より左の片仮名訓の本では、紀州本、廣瀬本ともに、巻一16/16、巻二19/19などと、存する長歌のほぼ全てに訓があることが見てとれます。上の段からは、平仮名訓の本に長歌訓が稀で、片仮名訓の本には長歌訓が多いというおおざっぱな傾向がわかりました。

ところが、下の段をご覧ください。下の段は、巻十一以降（実質は巻十三から）になります。

紀州本は巻十一以降は仙覚校訂本なので表には入っていません。全ての巻が備わっている廣瀬本で見ると、ほぼ全ての長歌に訓がある巻十までと異なり、ほとんどの巻で訓が極端に少ないことがわかります。比較的訓がある巻は、五首中三首に訓がある巻十五と二三首中一八首に訓がある巻十九くらいです。

よく知られているように、『万葉集』の後半の巻々には一字一音の仮名表記が多く、長歌がある巻でも、巻十五、十七、十八、十九、二十などはそれに該当します。これらは、訓を付すことがそれほど難しくない巻と考えられますが、巻十七、十八、二十には全く訓が無いのです。ところが、この廣瀬本の奇妙な傾向は、元暦校本代赭書き入れも同様なのです。

元暦校本代赭書き入れとは、先に見ていただいた平仮名別提訓の元暦校本に代赭（赤灯色の顔料です）で別の本の内容が書き入れられたものです。書き入れられた訓が片仮名なので、本体は片仮名訓の本と考えられます。つまり、元暦校本代赭書き入れには、平仮名訓の本の元暦校本とは別の片仮名訓の本が反映しているのです。

『万葉集』の伝本研究では、この元暦校本代赭書き入れを一つの伝本として扱っています。この元暦校本代赭書き入れでは、本体の元暦校本が巻十五、十六が無いので判らないのですが、他の巻では、巻十九には訓があり、それ以外の巻にはほぼ訓が無いという点廣瀬本と軌を一にしています。すると、これらの付訓の傾向は、長歌に訓が付しやすい巻に訓がついて、付訓が難しい巻に訓が無いという単純な図式ではなさそうです。廣瀬本は、巻十までの長歌にはほぼ訓があり、巻十三以降には、巻十五と十九にしか訓が無いというきわめて変則的な分布が見られます。ところが、同じ片仮名訓の本である元暦校本代赭書き入れも、抜けている巻はありますが、巻一から二十までほぼ同じ傾向なのです。

このような変則的な長歌訓の分布は、二本が別々に訓を付していって偶然同じになったとはとうてい考えがたい傾向です。考え得るのは、廣瀬本と元暦校本代赭書き入れとが、或る同じ本から書写された同じ系統の伝本と言うことです。その他の伝本も、それぞれ巻の欠落はありますが、右の二本の傾向と矛盾はありません。これは、他の片仮名訓の本も、完本であったとしても、それらも同じような長歌訓の分布であると推測できます。ならば、現存する非仙覚本系統の片仮名訓の本は、同一系統の伝本群と考えて良いと思います。今後、これらを片仮名訓本系統と呼ぶことにします。

この片仮名訓本系統とは、次のような図で説明できると思います。

このような片仮名訓の本達を、同じ片仮名の訓を用いているだけ、或いは長歌訓が多いと言うだけでは、同一系統とは断定できません。巻一から巻二十に到るまで全体で一つの傾向が共有されていることが確かめられて、はじめて同一系統と認められるのです。

では、平仮名訓の本はどうかと言いますと、こちらは、基本的に長歌に訓がありません。その点で、片仮名訓の本とは大きな違いがあります。こちらには、片仮名訓本系統のような系統的なまとまりは見出せません。しかし、片仮名訓本系統とは別のグループであることは確実なため、非仙覚本系統は、平仮名訓本と片仮名訓本系統と二つに分けることが可能になったと言えます。

完本の意義

新たに出現した廣瀬本が完本であることに意義があると先に述べましたが、この長歌訓の分布を用いた分析は、廣瀬本無しにはあり得ないものでした。

たとえば、先の表（二七頁）をもう一度見ていただきたいと思います。系統的なつながりが見出された巻十三以降の下の段です。もし、ここに廣瀬本がなかったら、この表から何が読み取れるでしょう。元暦校本代赭書き入れは巻十五、十六が無く、『古葉略類聚鈔』は巻十三と十五しかなく、かつ、残存数が少ないという状況から、系統的な同一性、つまりこの二本が同じ系統であることはとても見出せなかったと思います。

元赭	廣瀬本	伝本／歌番号
○	○	4154
○	○	4156
×	×	4160
○	○	4164
○	○	4166
○	○	4169
○	○	4177
○	○	4180
○	○	4185
○	○	4187
○	○	4189
×	×	4192
○	○	4207
×	×	4209
○	○	4211
○	○	4214
○	○	4220
○	○	4227
×	×	4236
×	×	4245
○	○	4254
○	○	4264
○	○	4266

右の表は、廣瀬本と元暦校本代赭書き入れの巻十九の一首ごとの長歌訓の分布です。じつは、廣瀬本と元暦校本代赭書き入れとは、歌一首一首の訓の分布でも同様の傾向が見られるのです。○は訓のある歌、×は訓のない歌を意味します。

まず、廣瀬本で見ると、巻十九の二三首の長歌で、訓のある歌と無い歌の分布はまさにばらばらです。ところが、そのばらばらの分布が、元暦校本代赭書き入れでもぴったり一致しているのです。この様相を見ると、この二本は本当に同じ祖本から枝分かれした本なのだと確信が得られます。

しかし、もし、廣瀬本がなかったらどうでしょうか。元暦校本代赭書き入れで、他に参照する本がない中での二三首中一八首の訓がある歌という傾向は、ほとんど意味をなさないと考えられます。片仮名訓の諸本の長歌訓の分布がこれほど事細かに分析できるのは、二十巻そろいの廣瀬本が出現したからだということ、わかっていただけたのではないかと思います。

第三章　片仮名訓本系統と仙覚校訂本

非仙覚本系統の位置づけ

『校本万葉集』は、各伝本の調査は周到に行いながら、非仙覚本系統内の平仮名訓の本と片仮名訓の本の系統分けについては一切言及していないという事は述べました。じつは、『校本万葉集』は、非仙覚本系統の諸本と仙覚校訂本との関係についてもほとんど言及していないのです。

仙覚は、寛元四年（一二四六）にはじめての『万葉集』の校訂を行い、その際の底本は親《ちか》行《ゆき》本であるということは知られています。この親行本については、現存の本のうち、天治本と同じ形式の本であろうことは述べられているのですが（この説の当否については、第七章で詳しく述べます）、仙覚が参照した諸本と現存する非仙覚本系統の諸本の関係については言及していないのです。『校本万葉集』では、詳細に調べられた伝本群が、単に並列されているだけという印象はぬぐえません。それだけではありません。

先に紹介した廣瀬本出現を告げる新聞記事のリード文に、

仙覚の目に触れなかった非仙覚本系統の写本

という記述があります。つまり、非仙覚本系統の伝本は、仙覚が万葉集校訂を行う際に参照されなかったという認識すらあったのです。このたぐいの記述は、『校本万葉集』にも、他の文献にも明示されることはほぼありませんが、たとえば、当の廣瀬本を紹介した次のような記事も見られます（『日本古典籍書誌学辞典』平成十二年「万葉集（広瀬本）」の項　執筆担当神堀忍氏）。

仙覚の諸本校合に不使用の別系の完本

筆者も、大学、大学院の時代に非仙覚本系統は仙覚が校訂する際に見ていない本と教えられたように記憶します。おそらくは、このような認識は、潜在的には学界全体に広く存していたと考えられます。

古点・次点・新点

さて、仙覚の校訂本ですが、仙覚がはじめて『万葉集』の校訂に着手したのは、寛元四年（一二四六）でした。鎌倉将軍藤原頼経《よりつね》は、まず寛元元年に源親行《ちかゆき》に『万葉集』の校訂を命じます。親行とは、お父さんの光行《みつゆき》と『源氏物語』の校訂（河内本と称されます）を行ったことで有名な人物です。親行は『万葉集』の校訂も行っていたのです。その後、寛元四年に再び仙覚に命が下ったのです。その際、校訂の底本は、親行が用いていた親行本が与えられたと言います。

仙覚は、翌寛元五年に校訂を完成させました。しかし、仙覚にとって、このときの校訂は十分なものではなかったようです。さらに多くの伝本を参照し、文永二年、三年（一二六五、六）に改訂版を作成します。これが第二次校訂本の文永本です。

仙覚校訂本の優れた点はいくつもありますが、その一つが、一首一首の歌々に付された訓を、付された時代ごとに分類したことです。平安期村上朝（一〇世紀半ば）に源順らによって初めて訓が付された時の訓を「古点」、古点で読み残された歌について、それより後仙覚の時代までに様々な人たちが読んだ訓を「次点」、そして、どの本にも訓が付されず、仙覚が新たに訓を付したものを「新点」と名付け、校訂本の中に明確に表示しています。

古点などの用語は、いずれも仙覚が命名した言葉で、訓の時代性を表示するという発想は、当時画期的なものであったと考えられます。伝本に平面的に並ぶ歌々の訓に、歴史的な序列を加えたという意味で、仙覚が『万葉集』の歌々をそれまでの『万葉集』の書写者とはまったく異なった意識で見ていた事がわかります。

仙覚校訂本の長歌訓

それでは、その訓の時代意識は、長歌の場合どのようになっているでしょうか。次頁に挙げるのは、先ほどの長歌訓一覧に、仙覚の古点、次点、新点の別を加えたものです。

一覧して気がつくのは、全体として古点が少ないことです。これは、仙覚が諸本を見たとき、古いと思われる伝本にあまり訓が無かったことを意味すると思います。長歌の古点は全体の一四パーセントにすぎません。それともう一つ、新点、つまりどの本にも訓がないという歌は、巻十までには少なく（六首）、巻十三以降には多い（一〇六首）と言うことです。

この上の段（巻十まで）と下の段（巻十三以降）との極端な傾向の差には見覚えがありませんか？　片仮名訓本系統の諸本は、巻十までは長歌に訓があり、巻十三以降には長歌訓は稀でした。仙覚校訂本の新点とは、仙覚が見た諸本に訓が無いときに新たに訓を付したものを意味しました。

すると、長歌訓においては、片仮名訓本系統で長歌訓がある巻々にはきわめて新点が少なく、長歌訓の稀な巻十三以降には新点が多いという対応関係があるということになります。

『万葉集』長歌訓一覧（仙覚校訂本の古点、次点、新点を含む）

巻次	長歌数	桂本	金沢本	藍紙本	尼崎本	伝壬生隆祐筆本	天治本	類聚古集	元暦校本	元暦校本代赭	紀州本	廣瀬本	古葉略類聚鈔	古点	次点	新点
1	16							0/14	0/15	14/15	16/16	16/16	14/14	2	14	0
2	19		0/17				4/4	0/16	0/3	3/3	19/19	19/19	0/3	19	0	0
3	23							2/18			23/23	23/23	5/5	2	17	4
4	7	0/3	0/2					1/6	1/7	6/7	7/7	7/7		0	7	0
5	10							0/3			10/10	10/10		0	9	1
6	27		0/4					0/15	0/27	26/27	27/27	27/27	6/6	4	22	1
8	6							1/4			6/6	4/5		4	2	0
9	22			2/22		1/4		3/17	0/14	14/14	22/22	22/22		5	17	0
10	3							0/3	1/3	3/3	3/3	0/1		0	3	0
13	66						0/66	1/57	0/65	4/65		1/66	1/1	1	2	63
15	5						1/3	1/4				3/5	3/3	1	4	0
16	7				0/7			0/6				0/7		0	0	7
17	14							0/9	0/14	0/14		0/14		0	0	14
18	10			0/1				0/7	0/10	1/10		0/10		0	0	10
19	23							0/17	0/23	18/23		18/23		0	18	5
20	6							0/5	0/6	0/6		0/5		0	0	6

片仮名訓本系統は、巻十三以降では、巻十五と十九にだけ長歌訓があったのですが、新点はどうでしょうか。巻十五は、新点ゼロ、巻十九は、二三首中五首とこの二巻だけ極端に少なくなっています。つまり、片仮名訓本系統で長歌訓が存する巻と仙覚校訂本で新点が少い巻とは完全に一致しているのです。

それでは、個々の歌ではどうなっているでしょうか。巻十九は、片仮名訓本系統では訓のある歌、ない歌の分布がばらばらでした。次の表は、先ほどの巻十九の表に仙覚新点の表示を加えたものです。

伝本／歌番号	廣瀨本	元赭	仙覚新点
4154	○	○	
4156	○	○	
4160	×	×	新
4164	○	○	新
4166	○	○	
4169	○	○	
4177	○	○	
4180	○	○	
4185	○	○	
4187	○	○	
4189	○	○	
4192	×	×	新
4207	○	○	
4209	×	×	
4211	○	○	
4214	○	○	
4220	○	○	
4227	○	○	
4236	×	×	新
4245	×	×	新
4254	○	○	
4264	○	○	
4266	○	○	

巻十九の新点歌五首のうち、四首までが片仮名訓本系統で訓のない歌であることがわかり

ます。巻十九の一首一首の分布でもほぼ片仮名訓本系統と仙覚校訂本とは合致するわけです。

ただ、細かい点を言えば、両者はまったく一致するわけではありません。そこが気になる方もいらっしゃるかもしれません。しかし、片仮名訓本系統の長歌訓のない歌の分布と仙覚新点長歌の分布とは、巻一から二十全体でほぼ合致しているわけです。そして、巻十九の一首一首の分布がこれほど似ているわけですから、まずは、この合致を重視すべきだと思います。

合致の意味

では、この両者が合致することにはいかなる意味があるのでしょうか。片仮名訓本系統の長歌訓がない歌の分布が仙覚校訂本の新点長歌の分布と合致することは、つまり、仙覚が諸本を見て訓がないと判断したと考えられていた諸本とは、諸本ではなく、片仮名訓本系統の本そのものだったと言うことです。もっと言えば、片仮名訓本系統の一本があれば、仙覚の新点長歌の判断は出来たであろうということになります。

現在でも片仮名訓本系統の伝本は複数あるわけですから、仙覚の時代も参照出来た片仮名訓本系統の本は一本だったとは限りませんが、少なくとも仙覚は片仮名訓本系統のいずれかの本を参照していたことは確実だと言うことです。仙覚が見ていた片仮名訓本系統の本はどんな本かはわかりません。廣瀬本のような形か、紀州本のような形かは、この段階ではわかりませんが（徐々に明らかになります）、これらの本と同じ系統の本は参照されていたと考えられます。これは、『万葉集』の伝来史では、大きな認識の転換であると思います。

先にも見ていただいたように、

仙覚の目に触れなかった非仙覚本系統の写本

という認識があったのです。少なくとも仙覚校訂本と非仙覚本系統の関係は何もわかっていないという状況は、これで大きく変わったと言うことが出来ます。片仮名訓本系統の発見は、非仙覚本系統の分類だけではなく、仙覚校訂本との関係ともつながる重要な要素であったことがわかります。

新点短歌

仙覚校訂本は、すくなくとも長歌では、片仮名訓本系統の訓のない歌を新点相当歌と認定していたことがわかりました。しかし、長歌は、集全体で二六四首に過ぎません。集で四〇〇〇首以上にもなる短歌はどうだったのでしょうか。こちらは、数の桁が違い、なかなか難しそうに思われます。が、じつは、短歌の新点は大変少ないのです。その数三九首！　つまり、仙覚の時代に訓が付されていない歌は圧倒的に長歌が多く、訓の付されていない短歌は稀であったわけです。新点短歌を廣瀬本で見るとほぼ訓のない歌ばかりです。

もう一つの片仮名訓本系統の紀州本は、このすべてに訓があります。どうして？　と思いますが、これは、『校本万葉集』の時代から、紀州本には、後世の仙覚校訂本の影響があり、新点の訓が書き入れられていることが知られています。廣瀬本で考えると、仙覚の新点短歌には廣瀬本では全て訓がないことになります。ただ、仙覚の新点短歌に廣瀬本で訓がないからと言って、まだ両者の関係が明確になったわけではありません。新点は、諸本で訓がない歌に付されるのですから、廣瀬本に訓がないのは、いわば当たり前なのです。

仙覚校訂本には、次点というものがあります。古点で読み残された歌が様々な人々によって訓を付されたものです。古点短歌は諸本にほぼ訓があるのに対して、次点短歌は、非仙覚本系統の平仮名訓本だと訓がある歌ない歌の分布がばらばらです。平仮名訓本でも比較的訓の多い本で言うと、類聚古集が次点歌六六首が現存しており、訓がある歌が四九首（七四パーセント）、元暦校本では四三首が現存、訓がある歌は二六首（六〇パーセント）といった具合です。一方、片仮名訓本系統では、廣瀬本が九六パーセント、紀州本が九八パーセントとほぼ一〇〇パーセントに近い数字になっています。

つまり、片仮名訓本系統は、短歌において、次点短歌にはほぼ訓があり、新点短歌には訓がないという明確な傾向が見てとれるわけです。つまり、短歌においても、長歌同様、片仮名訓本系統で訓がない歌が新点になっているということになります。つまり、仙覚校訂本の新点とは、すなわち片仮名訓本系統で訓がない歌に訓を付したものということになります。

このような事実が判明するまでは、筆者などは、仙覚は諸本を渉猟して、訓を探し、中には、どの本にも訓がなく、或る一本にだけ訓があるものを見出していたのではないかと想像していたものです。ところが、片仮名訓本系統一種類の訓が判断基準となっていたことがわかると、仙覚の校訂作業の内実はずいぶん変わったものに見えてきます。

とりあえず、仙覚校訂本においては、新点の認定は、短歌、長歌いずれも、片仮名訓本系統で訓がない歌を新点としていたことから、仙覚が片仮名訓本系統の一本を参照していたことは確実です。さらには、新点の判断の基準となる伝本になっていることから、片仮名訓本系統の本は、単に参照されていたと言うだけでなく、重要な伝本として位置づけられていたと推定されます。

仙覚にとっての新点

仙覚の『万葉集』校訂にとって、新点はきわめて重要な要素です。仙覚の校訂本によって、

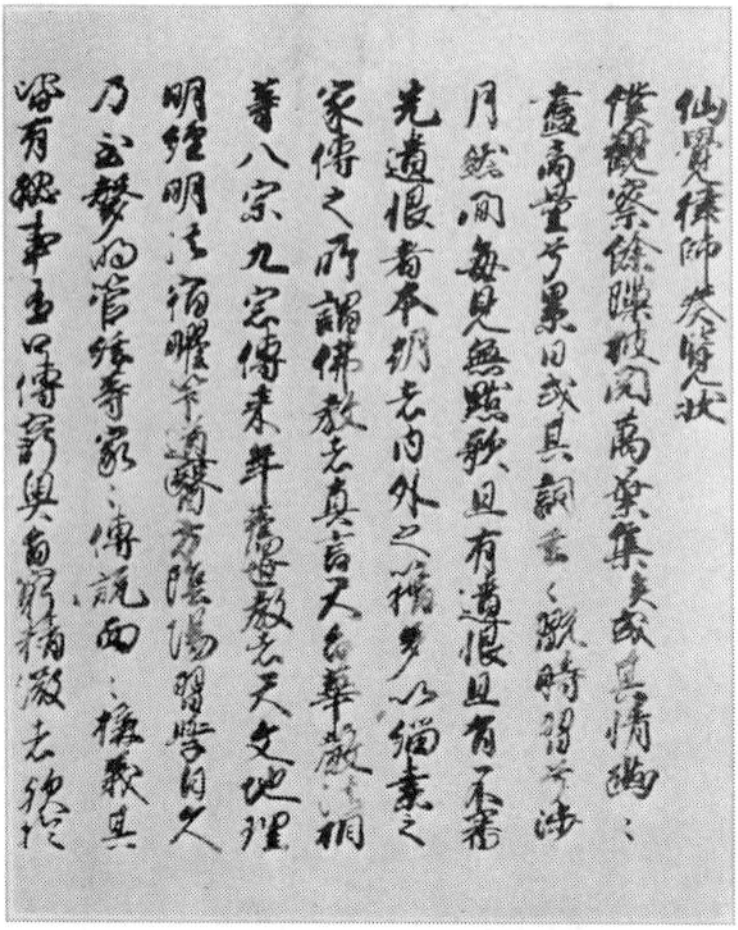

図9　仙覚奏賢状（曼殊院蔵）

これまで訓が付されていなかった『万葉集』の歌にすべて訓が備わったのです。仙覚校訂本は、『万葉集』の伝来史上はじめて全ての歌に訓が付された本なのです。

そのことは、仙覚自身も十分に自覚していました。「仙覚奏覧状」（図9）という文献があります。これは、建長五年（一二五三）に、仙覚が時の後嵯峨院に新点一五三首を訓《よ》んだことを報告し、院から賞賛の歌を賜ったことなどが仙覚自身によって記されてい

ます。(5) 仙覚にとって、訓が付されていない歌に訓を付すことが、いかに意義の深いことであったかがよくわかる資料です。仙覚にとって新点が重要ならば、訓のない歌がそのまま新点相当歌を意味する親行本（片仮名訓本系統）は、大変重要な本であったと考えられるわけです。

親行本

さらに重要なことは、現存の片仮名訓本系統の中に、第一次仙覚校訂本（寛元本）と同じ付訓形式の本があることです。図10は、先にも見ていただいた神宮文庫本です。そして図11は、片仮名訓本系統の紀州本です。

一方が題詞も歌も一行書きで、もう一方が双方二行書きなので印象は違いますが、形式は

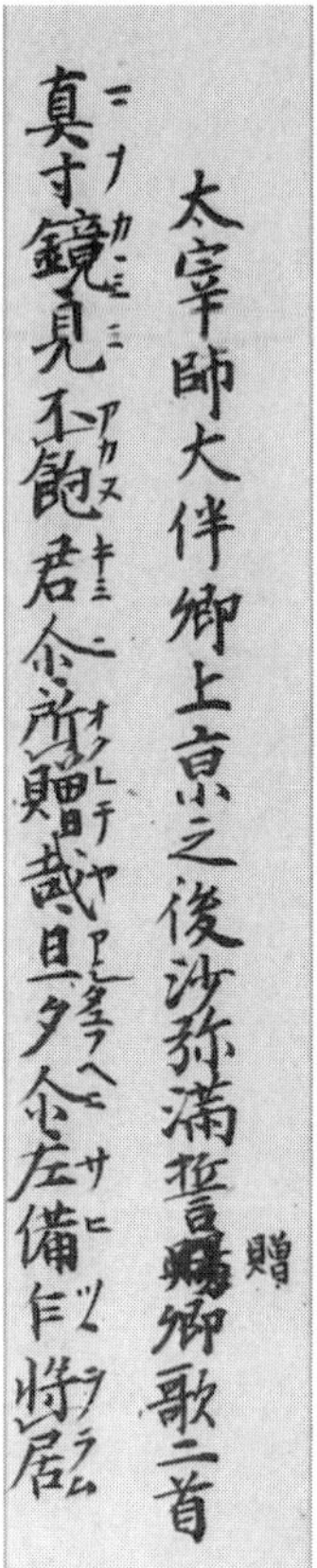

図10　神宮文庫本
（神宮文庫蔵）

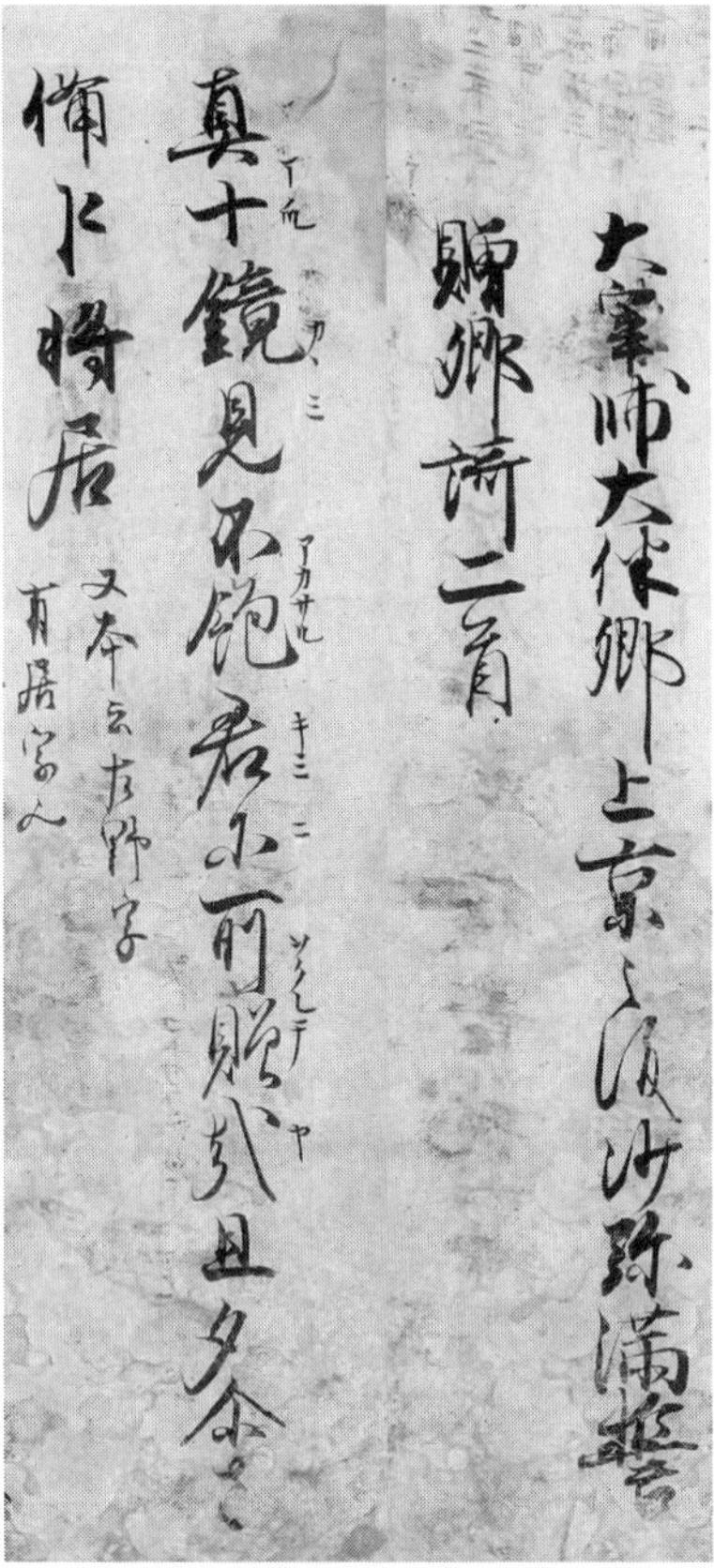

図11　紀州本（昭和美術館蔵）

題詞が歌より低く、片仮名傍訓形式という点で共通しています。先に見たとおり、第二次校訂本の文永本だと題詞は歌より高い形に変えられますが、第一次の寛元本の場合、題詞は低いのです。題詞が低い片仮名傍訓の本で、仙覚が新点歌として新たに訓を付そうとする歌には訓がないというのが、片仮名訓本系統の傍訓の特徴であるわけです。

つまり、片仮名訓本系統の傍訓の本の訓のない歌に訓を補充すると、そこが新点歌となり、基本的に仙覚寛元本ができあがるということになります。このようなさまざまな対応関係を考えてゆくと、仙覚寛元本の底本は、片仮名訓本系統の傍訓の本であったと考えられるわけです。

図11の紀州本は、鎌倉時代の書写であることはわかっていますが、仙覚校訂本よりも早い時期の書写かどうかまではわかっていません。ならば、紀州本の書写が、仙覚の校訂よりも後という可能性も否定できないことになります。しかし、片仮名訓本系統の傍訓の本で春日本という本があります。

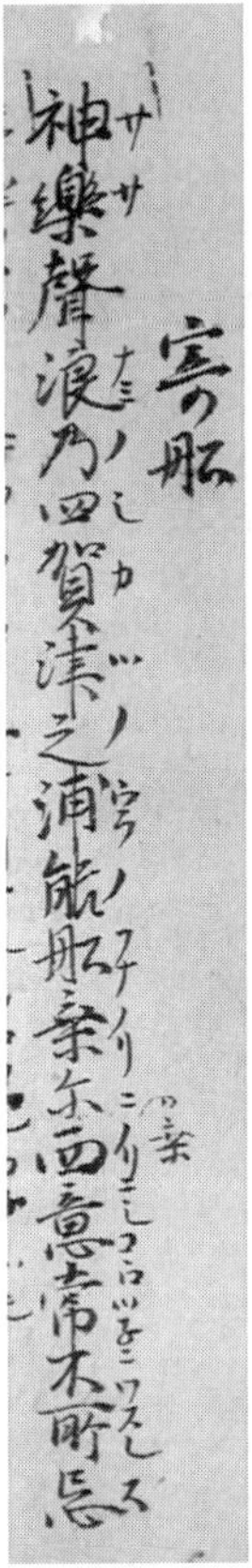

図12　春日本（石川県立歴史博物館蔵）

この本は、寛元元年（一二四三）から書写された本であることがわかっています（佐佐木信綱『春日本万葉集残簡』昭和五年）。仙覚が校訂を始めたのは寛元四年です。このことから、片仮名訓本系統の傍訓の本は、仙覚の校訂事業開始前には確実に存していたことが確認されます。
仙覚は、校訂本の奥書で、先にも述べた親行から校訂事業を引き継いだ経緯を述べていますが、その際、校訂の底本として、親行本を与えられたと書いています。つまり、仙覚寛元本の底本は親行本だったわけですが、実は、この親行本は、失われてしまい、実態が不明だったのですが、右のような考察をたどってくると、親行本こそ片仮名訓本系統の傍訓の本であったと考えられるのです。

新たな伝本関係図

『校本万葉集』で提示されていた『万葉集』の諸本の関係図は、次のようなものです。

非仙覚本系統
　平仮名訓の本
　片仮名訓の本　↑両者の関係は不明

（両者の関係は不明）
↓
仙覚校訂本
　第一次校訂本（寛元本）
　↓
　第二次校訂本（文永本）

まず、非仙覚本系統では、平仮名訓と片仮名訓の本があるものの、両者の関係は不明です。そして、非仙覚本系統と仙覚校訂本との関係は、天治本を除けば、両者の関係は不明ですが、むしろ、関係は見出せないという考えに傾いていたと考えられます。

つまり、非仙覚本系統と仙覚校訂本との間には大きな断絶があったと言えます。この『校本万葉集』による『万葉集』の伝本関係の構図は、平成五年の廣瀬本出現までは、揺るぎがなかったのです。

しかし、廣瀬本が現れたことで、片仮名訓本系統の存在が明らかになり、それによって諸本の関係図は、次のように変わりました。

- 非仙覚本系統
  - 平仮名訓本
  - 片仮名訓本系統（親行本）
- 仙覚校訂本
  - 第一次校訂本（寛元本）
  - 第二次校訂本（文永本）

非仙覚本系統では、諸本は、片仮名訓本系統と平仮名訓本とに分けられます。なかんずく片仮名訓本系統は、特徴を共有する同一系統の伝本群です。さらに、片仮名訓本系統の一本親行本は、仙覚の第一次校訂本寛元本の底本という関係で密接に関わっている、ということになります。

第四章　忠兼本と片仮名訓本系統

親行本の系譜

仙覚寛元本の底本である親行本は、仙覚の奥書によりその系譜をたどることが出来ます。次は、仙覚校訂本（文永本）奥書に記された系譜です。引用は、西本願寺本（石川武美記念図書館蔵）によります。なお、原文は漢文ですが、読み下し文で提示しています。

先度の書本に云く、斯の本は肥後大進忠兼の書なり。件の表紙書に云ふ、讃州本を以て書写し畢《をは》んぬ。江家本を以て校し畢んぬ。又梁園御本を以て校し畢んぬ。又孝言朝臣本を以て校し畢んぬてへれば、証本と謂ふべきものか。（西本願寺本巻二十奥書）

奥書によれば、底本には次のような記述がありました。この本は肥後の大進忠兼の本であった。忠兼本は讃州本を写し、江家本など三本を校合したとしています。『校本万葉集』の編者の一人橋本進吉氏は、『校本万葉集』（首巻）に所収されている「『万葉集』仙覚本と天治本」[6]において、忠兼本以降の系譜が、この仙覚本奥書の記述だけではわかりにくいとして、飛鳥井雅章筆本に収められた親行本の奥書を紹介しています。[7]

書本に云く、斯の本は肥後大進忠兼の書なり。**而して雲居寺に施入され了《をは》んぬ。予、借**

り請《う》け、彼の寺の香山房にて書写せるところなり。件の本の表紙書に云はく、讃州本を以て書写し畢んぬ。江家本を以て校了んぬ。又梁園御本を以て校了んぬ。又孝言朝臣本を以て校了んぬ、てへれば、証本と謂ふべきものか。書本を以て一校畢んぬ。

仙覚校訂本の奥書とは、太字の部分を中心に異なっています。どうしてこのように異なっているのかについては、第七章で詳しくお話しします。また、橋本氏は、これとほぼ同じ内容が光行本（光行は親行の父に当たります）にも見られるとして、親行本の系譜を次のように紹介しています。

讃州本――忠兼本――光行本――親行本――仙覚寛元本

しかし、右の系譜の中には、忠兼本が京都の雲居寺《うんごじ》に施入されており、それをその寺で書写したという記述が見られます。したがって、忠兼本と光行本との間に忠兼本を雲居寺で書写した際の写本、「雲居寺書写本」を想定した方が良いのではないかと思います。つまり、忠兼本から親行本に到る系譜は次の通りになります。

忠兼本――雲居寺書写本――光行本――親行本

これは、転写された一連の系譜で、親行本は、元をたどれば忠兼本に行き着くことを意味します。では、その親行本が片仮名訓本系統であったら、どういうことになるのでしょうか。現存する片仮名訓本系統の諸本は、廣瀬本のような片仮名別提訓の本と紀州本のような片仮名傍訓の本とに分かれます。現存の本同士の具体的な関係（たとえば、どちらが先に生まれたかという序列など）は十分に明らかではなく、今のところわかっているのは、これらが共通の祖本を持っているという事だけです。

しかし、親行本が片仮名訓本系統だということになれば、話は別です。同一系統の中で異なった付訓形式を持つ廣瀬本、紀州本などは、おそらく右の系譜の中に収まるはずと考えられるからです。しかも、親行本は片仮名訓の本ですが、橋本氏により、忠兼本は平仮名別提訓の本であったことが明らかになっています。それは、現存の本の中の天治本が、その奥書に忠兼本を写した由の記述があり、残っている天治本は平仮名別提訓の本だからです（図13参照　巻十三、三二二三）。

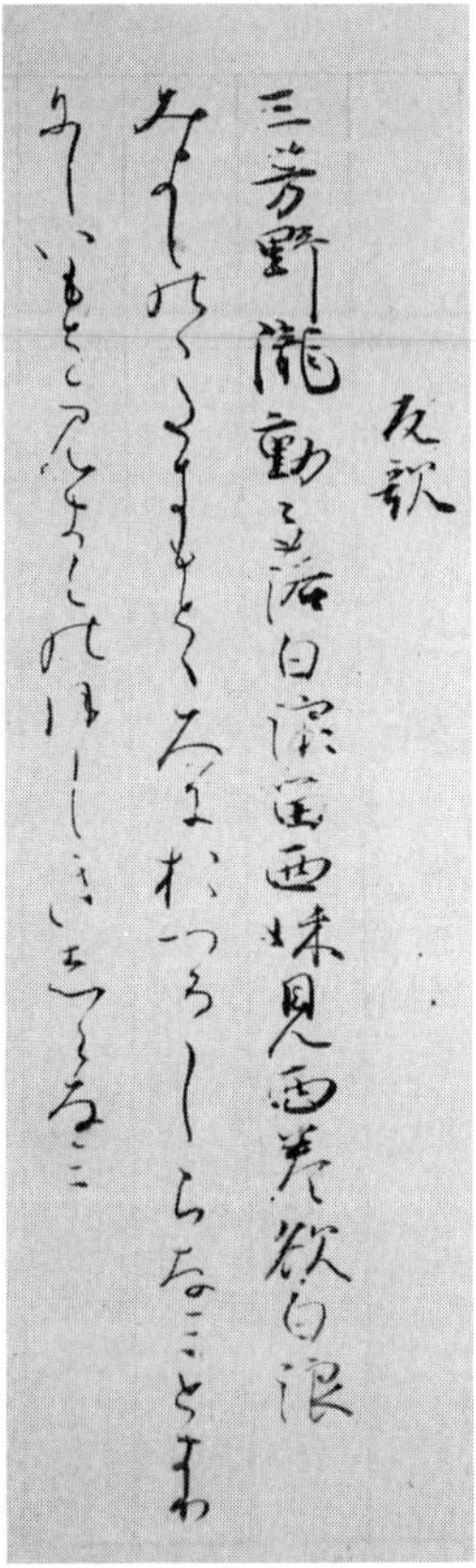
図13　天治本
（複製本による）

つまり、忠兼本は平仮名別提訓、親行本は片仮名傍訓だとすれば、それらに挟まれた雲居寺書写本、光行本のいずれかが廣瀬本のような姿であったということになります。ところが、さきほど名前が挙がった光行本の奥書は、実は紀州本の巻十に収められているのです。ならば、光行本は、片仮名傍訓の本であったと考えられます。もっとも、紀州本（巻十まで）が光行本であるという考えに対して、『校本万葉集』で強い異論が唱えられています。

この異論については、第七章でもう一度取り上げたいと思いますので、ここでは、光行本は片仮名傍訓の本であった可能性もあるということにとどめておきましょう。つまり、廣瀬本のような形の本としては、雲居寺書写本と（可能性としては）光行本とが候補に挙がるわけです。

ただし、忠兼本は平仮名訓本と推定されます。一方、廣瀬本が雲居寺書写本を反映しているとすれば、片仮名訓本ということになります。雲居寺書写本は、忠兼本を写したのですから、当然平仮名訓本のはずということになります。それゆえ急に雲居寺書写本が廣瀬本だと言われても、簡単に納得していただけないかもしれません。

廣瀬本の長歌訓

それでは、まず、廣瀬本の形態を確認しておきましょう。片仮名訓本系統は、平仮名訓本と比べて長歌訓が多いことが特徴でした。廣瀬本の長歌訓を見ていただきます（図14）。歌は巻四の五四六、七と第二章で見ていただいたものと同じ歌です。

この画像を見て、面食らった方もいるのではないかと思います。先ほどから、廣瀬本は片仮名別提訓だと説明してきました。なのに、この長歌は訓が歌本文の傍らに付いています。しかし、次の反歌五四七（「天雲之…」）は、短歌形式ですが、別提訓（「アマクモノ…」）になっています。そうです。廣瀬本は、短歌は別提訓なのですが、長歌は傍訓で付されているので

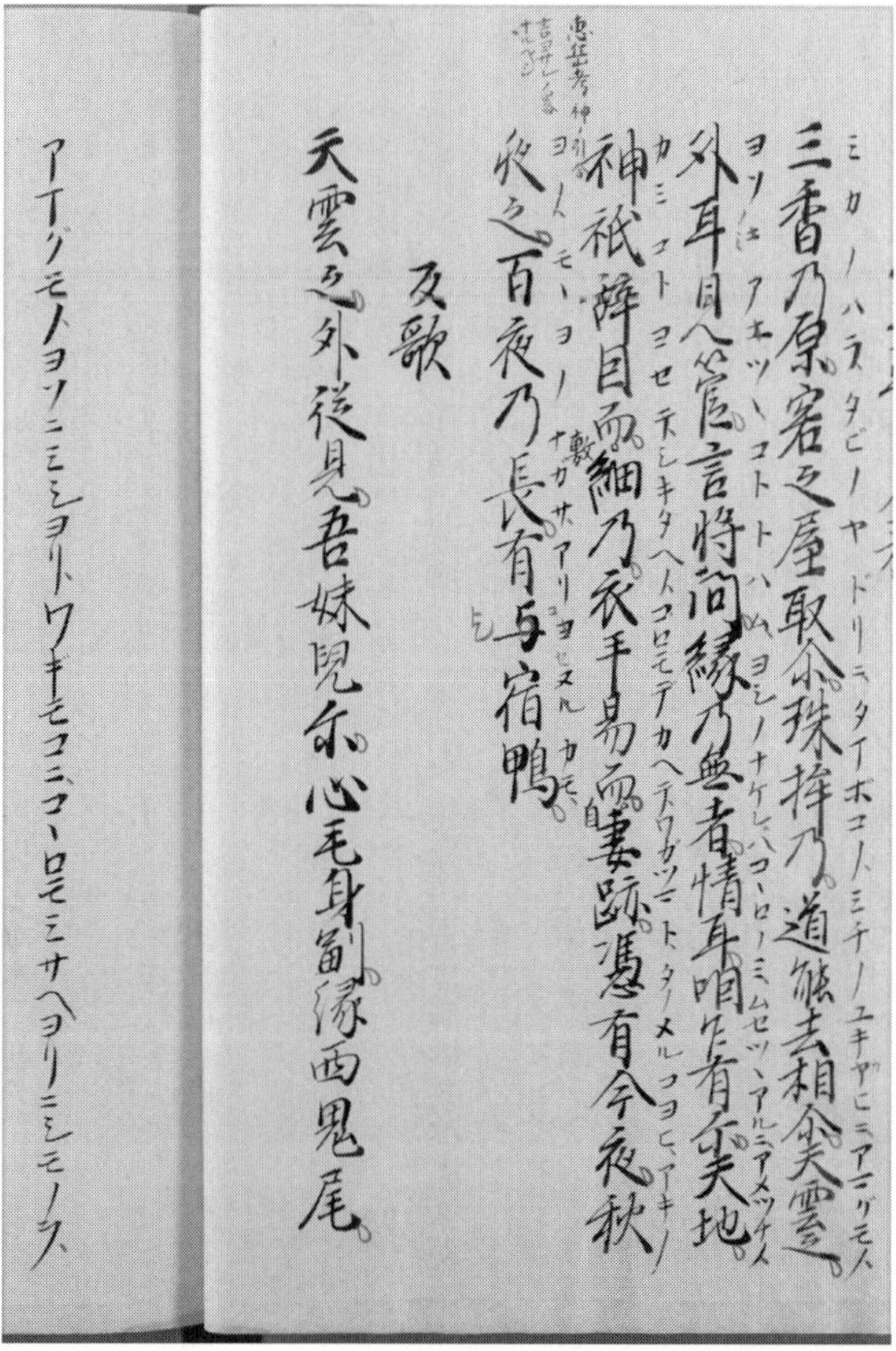

図14　廣瀬本（関西大学蔵）

す。これが廣瀬本の基本的な形式です。同じ片仮名訓本系統の紀州本が、短歌も長歌も傍訓で付されているのに比べると、いささか不揃いの感は否めません。この画像をよく見ると、左の短歌の方は、訓のためにスペースが作られているのに、長歌の方には訓のためのスペースがないことに気がつきます。長歌の歌本文四行の後には、直接次の歌の題詞「反歌」が来ています。

このような形は、『万葉集』の伝本を見慣れていると、よくある形なのです。先ほど掲げた桂本の画像をもう一度掲げます（図15）。

長歌に訓がないという違いはありますが、短歌の方は訓のスペースがあって、長歌の方にはスペースがないという点では同じ形なのがわかります。つまり、廣瀬本における付訓スペースの作り方は、平仮名別提訓の本と同じなのです。では、どうして廣瀬本では、長歌訓が傍訓になっているのでしょうか。そのことを考える上で、大変よい事例があります。元暦校本です。元暦校本は、平仮名別提訓の本なのですが、そこに朱や代赭など複数の伝本からの書き入れがなされています。とくに、代赭書き入れは（代赭とは、赤灯色の顔料のことです）、片仮名訓本系統の伝本からの書き入れですので、当然長歌の訓についても書き入れが見られます。右の諸本と同じ部分の元暦校本の画像を掲げます（図16）。

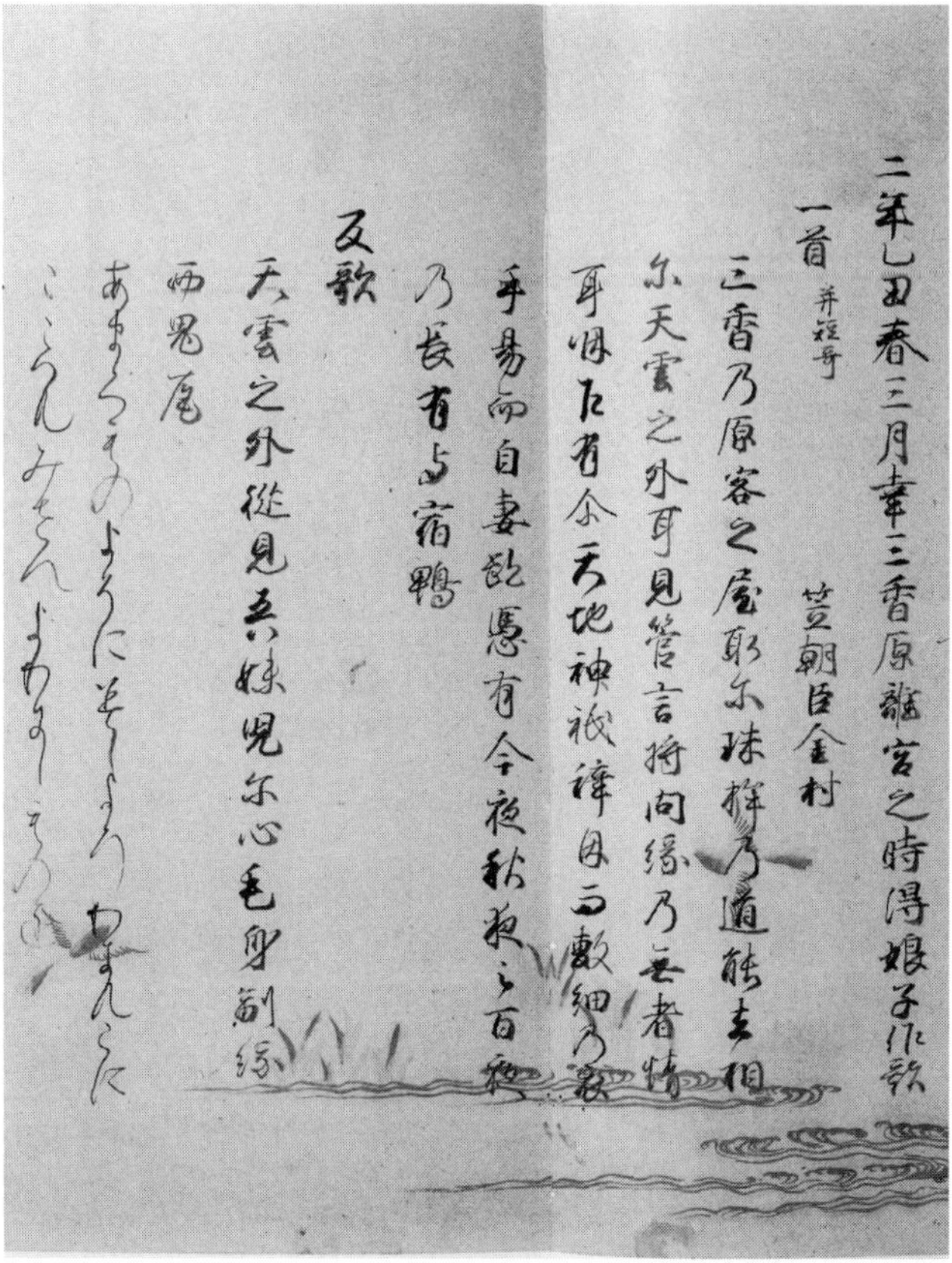

二年乙丑春三月幸三香原離宮之時得娘子作歌
一首 并短歌
笠朝臣金村
三香乃原客之屋取尓珠桙乃道能去相
尓天雲之外耳見管言將問縁乃無者情
耳咽乍有尓天地神祇辞因而敷細乃衣
手易而自妻跡憑有今夜秋夜之百夜
乃長有与宿鴨
反歌
天雲之外從見吾妹兒尓心毛身副縁
西見尾
あまくものよそにみしよりわきもこに
こゝろもみさへよりにしものを

図15　桂本（宮内庁蔵）

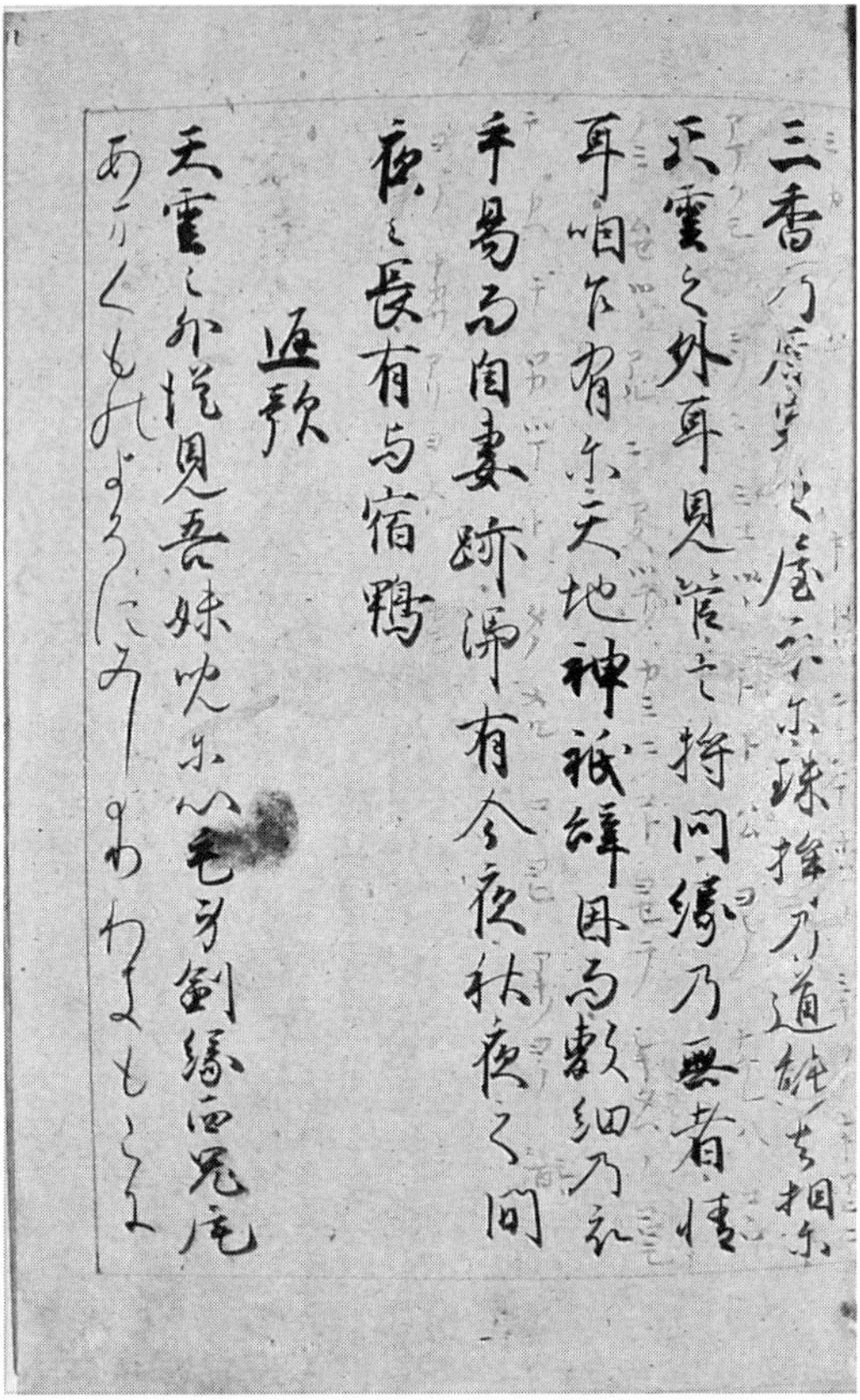

図16　元暦校本（東京国立博物館蔵）

モノクロ写真で見にくいかも知れませんが、長歌の歌本文の傍らに片仮名で訓が付されているのが見られます。

図17に二行目の上部の拡大写真を上げておきました。「天雲」の右の「アマクモ」という訓がよく見えるかと思います。

代赭書き入れの場合、代赭の基の本にあった訓を元暦校本に書き入れるわけですが、元暦校本には、長歌に付訓スペースがありません。それで、やむなく歌本文の傍らに付訓したと考えられます。廣瀬本の長歌も、基本的には同じような事情なのではないかと推察されます。

つまり、短歌には付訓のスペースがあることから、当初は短歌にのみ訓を付すという基本方針で写本の形式が作られていたところ、その後、何らかの事情で長歌にも訓が付されることになり、訓を付そうとしたが、あらかじめ訓のスペースは設けていなかったから、傍訓になったと考えられます。廣瀬本の現状からは、この本が、まずは短歌、次に長歌と二段階で訓が付されたという経緯が見て取れそうです。

図17　拡大

雲居寺書写本

廣瀬本の付訓形式が、短歌については、訓のスペースを造り、別提訓で、長歌には訓のスペースを作らないという形になっていることは、桂本や元暦校本などの平仮名別提訓の本と同じだと考えられます。これらの本と廣瀬本の違いは、使用されている仮名の種類が平仮名か、片仮名かというだけに過ぎません。突き詰めて言えば、廣瀬本は、平仮名別提訓の本の訓を片仮名に変えただけの本と言うことが出来るように思います。

一方、雲居寺書写本は、雲居寺に施入されていた忠兼本を、同寺の香山坊という場所を借りて書写された本であると書かれています。ポイントは、忠兼本が、書写者の自宅ではなく、他所で写されていたことです。

『万葉集』は、二十巻の浩瀚な本です。しかも、漢字の歌本文と仮名の訓とを書くという点で、たとえば、基本的に仮名だけで書かれる『古今和歌集』のような和歌集と比べると、書写には時間も人手もかかると考えられます。まして、書写する場所は、他所の寺を借りてということになると、様々な制約があったと推察されます。まず、早く書写を終えたいと思

図18　赤人集（承空本）（冷泉家時雨亭文庫蔵）

えば、応援が必要でしょう。寺で字を書ける人材と言えば、当然僧侶が思い浮かびます。そして、僧侶の操る仮名は、主として片仮名と言うことになります。

　京都冷泉《れいぜい》家に伝わる貴重な典籍を影印、解説した『冷泉家時雨亭叢書』が刊行された折、平安鎌倉期の私家集としては珍しい片仮名書きの本が出現して、驚かされましたが、それらの書写者も承空や素寂などの僧侶たちでした（冷泉家時雨亭叢書『承空本私家集』など）。図18は、冷泉家蔵の承空本「赤人集」です（冷泉家時雨亭叢書『承空本私家集』上　平成一四年）。和歌が片仮名で二行書きで書かれています。一般には見慣れないのですが、僧侶達による和歌の片仮名書きは、当時それほど珍しいものではなかったようです。

雲居寺書写本は、以上のような事情から、平仮名別提訓の忠兼本を、別提訓の形式は崩さず、訓の種類だけを片仮名に変えて写されたのではないかと思います。

親行本が片仮名傍訓本であったこと、廣瀬本がそれと同じ系統であること、廣瀬本が、忠兼本―雲居寺書写本―光行本―親行本の系譜の中に存しており、忠兼本は平仮名訓本であったろうこと。このような条件下で、廣瀬本は系譜の中のどれに当たるかというパズルを解いてゆけば、やはり雲居寺書写本に行き当たる事になります。

第五章　系統上の廣瀬本の位置

廣瀬本＝雲居寺書写本

前の章では、忠兼本が雲居寺に施入され、それを某人が寺で写した際、別提訓の形式はそのままに、訓を平仮名から片仮名に変えたのが雲居寺書写本で、その姿を今に反映しているのが廣瀬本であるという推定を行いました。つまり、

忠兼本――雲居寺書写本――光行本――親行本――仙覚寛元本

という系譜の中で、廣瀬本は「雲居寺書写本」に当たるというわけです。もしそうなら、廣瀬本の内部には、忠兼本から仙覚寛元本に到るまでの伝本の流れが潜んでいるはずです。この章では、そのことを検証してゆきたいと思います。廣瀬本を右の系譜中の雲居寺書写本に位置づけた推定の検算ということになります。

巻二の長歌訓

廣瀬本などの片仮名訓本系統の本が、平仮名訓本と異なっている点に長歌に訓があると言うことがあります。片仮名訓本系統では、巻十までには全ての長歌に訓があります。廣瀬本もほぼそうですが、巻二については、かなりというか、相当奇妙な状況になっています。図19は、廣瀬本巻二の一五〇の長歌です。廣瀬本は、短歌は別提訓ですが、長歌は傍訓であることはすでにお話ししました。この長歌もたしかに傍訓なのですが、訓はどうも片仮名ではないようです。訓の一部分を切り取って拡大すると図20のような感じです。

これは、あきらかに平仮名です。後でも述べますが、『万葉集』の伝来史では、長歌の平仮名訓は大変珍しく、この一首を見ただけでもとまどいを覚えるほどです。ところが、廣瀬本巻二の長歌には、平仮名訓の長歌が他にもたくさん見られるのです。巻二の長歌は一九首、廣瀬本はそのいずれにも訓があるのですが、一三例が平仮名訓か平仮名訓が混じった例です。つまり巻二長歌の半分以上に平仮名訓があるということになります。これは、本当に珍しいことなのです。

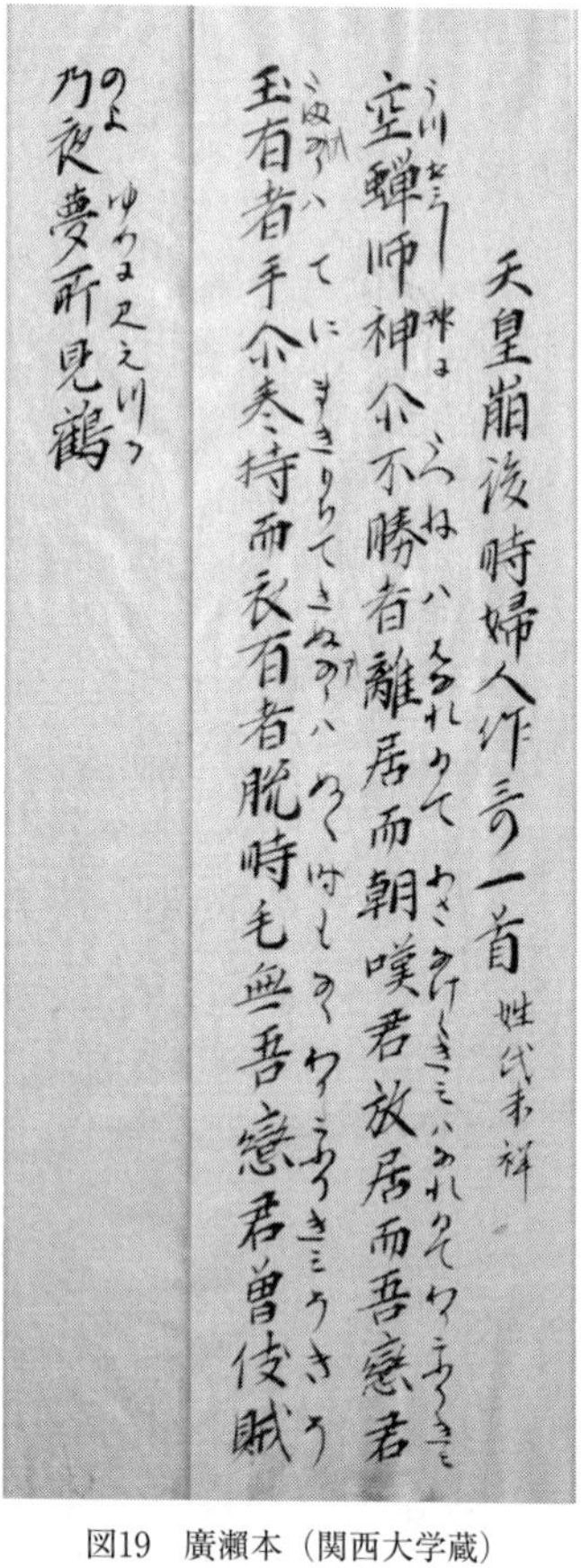

図19　廣瀬本（関西大学蔵）

まず、『万葉集』の伝本は、平仮名訓の本は、始めから終わりまで平仮名訓で書かれています。片仮名訓の本もそうです。現存する『万葉集』の伝本には、平仮名訓と片仮名訓が混じっている本もありますが、それは、たとえば、平仮名訓の本に片仮名訓の本が書き入れられた場合です。その区別は容易につきます。先にも見ていた

図20　拡大

だいた元暦校本という本には、墨、朱、代赭など数種類の書入がされていますが、それらは、あとから書き入れられたことが明らかです。しかし、右の事例は、それらとは明らかに異なります。

一、二例でしたら、他本からの単なる混入とも考えられますが、一三例にも及ぶと、もっと異なった事情かと思われます。しかも、第三章で述べた通り、本来平仮名訓の本には長歌訓が稀なわけで、長歌に平仮名訓でこれほど大量に付訓されていること自体が大きな不思議ということになります。

廣瀬本巻二の長歌訓の異様さは、これだけではありません。じつは、巻二には、付訓の位置が右傍訓から左傍訓に変わる例、仮名の種類が、途中から片仮名から平仮名に変わる例などじつにさまざまなヴァリエーションが見られます。どうしてこのようなヴァリエーションが見られるのかも大変興味深いことです。しかし、この点には後に触れることにして、当面は、平仮名訓に絞って考えてゆきましょう。

廣瀬本は、片仮名訓の本ですが、実は平仮名の訓が他に全くないというわけではありません。廣瀬本全体で長歌に一五例、短歌に九例平仮名訓が見られます。長歌一五例の内、一三例は巻二に集中していることになります。これは特殊な事情が関わっていることが考えられます。短歌の九首にも何らかの事情が関わっているのでしょうが、なにしろ四千首を越える短歌の数を考えると、九首という数は少なく、しかも分布がばらばらです。それに対して、巻二の長歌一九首中一三首に平仮名訓が集中する点には明確な事情が存すると考えられます。

なぜ片仮名訓本の廣瀬本に平仮名の訓が見られるのか。先ほど述べたように、平仮名訓の本には基本的に長歌訓は稀です。そのような状況下でも、訓が平仮名になっているのは、まずは、何らかの平仮名の訓を移入したと考えるのが普通でしょう。それは一体どこから？その答のヒントは、思わぬ所にありました。仙覚校訂本です。

仙覚校訂本は、先にもお話ししましたように、訓を古点、次点、新点と、付された時代順に区別していきます。第三章に載せた長歌訓一覧表（四〇頁）の左側に古次新点の数が示されています。それを見てゆきますと、長歌訓は、片仮名訓本系統ではじめて付訓された歌が圧倒的に多いため、短歌と比べると古点が大変少ないという傾向が見られます。『万葉集』全体で古点長歌は三八首、全体の一五パーセントに過ぎません。

ところが、巻にある全ての長歌が古点という巻があります。それが他でもない巻二なのです。仙覚が、歌々の訓をどのようにして古点、次点と判断していたのかについては、多くの研究がありますが、仙覚が判断基準とした伝本などはわかっていません。しかし、仙覚が巻

巻次	長歌数	桂本	金沢本	藍紙本	尼崎本	伝壬生隆祐筆本	天治本	類聚古集	元暦校本	元暦校本代赭	紀州本	廣瀬本	古葉略類聚鈔	古点	次点	新点
2	19		0/17				4/4	0/16	0/3	3/3	19/19	19/19	0/3	19	0	0

二の長歌訓をすべて古点と判断したのは、やはり相応に古い伝本に訓があったからだと推察はされます。相応に古い本はどのような本かと言えば、やはり平仮名訓の本と想像されます。廣瀬本が、巻二にだけ集中して平仮名の訓を持っているのは、平仮名訓本から移入したためとまずは考えられるのです。

では、それはいかなる本か。上の表は、先の長歌訓一覧の巻二だけを切り取ったものです。

巻二では、平仮名訓本が、金沢本、類聚古集、元暦校本、天治本などが現存しますが、前の三本にはいずれにも一首も訓がないことがわかります。類聚古集、元暦校本などは、巻によってわずかに訓があることもあるのですが、巻二には皆無です。

ところが、天治本は対照的です。現存部分で訓の有無が確認できる長歌が四首、その四首にすべて訓が見られるのです。四首は、断簡で残っているものが一首、江戸時代国学者の伴信友が臨写した「検天治本」に残っているものが三首ということです[8]。現在確認できるのはわずか四首ですが、たまたま残っている四首全てに訓があると言うことは、控えめに言って、天治本の巻二の多くの長歌に訓があったことが推定されます。もっと大胆に言えば、巻二の長歌全体に訓があったと考えても良いのではないかと思います。現存する本の情報しかないのですが、他の平仮名訓本にはまったく長歌訓が見られず、天治本には全て長歌に訓があったと考えられることからは、巻二の仙覚校訂本の古点と廣瀬本の平仮名訓とは、いずれもこの天治本の長歌訓と関わっているのではないかと考えられます。

天治本は、忠兼本の奥書を有している点から、忠兼本の姿を反映した本と考えられます。一方、仙覚校訂本は、忠兼本につながる親行本を底本とした校訂本です。そして、廣瀬本は、忠兼本を書写する際に片仮名訓に変えた雲居寺書写本に比定される本なのです。仙覚校訂本で、忠兼本で訓があった巻二の長歌を古点と判断して、雲居寺書写本を反映する廣瀬本では、忠兼本の長歌訓を平仮名訓の形で写し取ったとすれば、いずれもつじつまが合うのではないでしょうか。つまり、巻二長歌訓に焦点を当てると、天治本、廣瀬本、仙覚校訂本は相互に有機的な結びつきが読み取れるということになりそうです。

天治本、廣瀬本の長歌訓の内容

もしそうなら、忠兼本（天治本）、雲居寺書写本（廣瀬本）、仙覚校訂本の巻二の長歌訓はひとつらなりなのですから、途中で仮名の種類は変わっても、訓の内容は重なり合っているはずです。

そこで、具体的に長歌訓の内容を比較してみたいと思います。比較の対象は、天治本、廣瀬本と仙覚校訂本です。仙覚校訂本は、第一次、第二次校訂本に分かれるため、第一次校訂本（寛元本）として神宮文庫本を、第二次校訂本（文永本）として西本願寺本を用います。また、廣瀬本と同じ片仮名訓本系統の本として紀州本も比較の対象とします。歌は、一九六番です。これは、天治本が残る巻二長歌の中で最も量の多い歌で、七五句の訓が残っています。

比較を行うと、はっきりわかることは、天治本と片仮名訓本系統（廣瀬本・紀州本）の訓は極めて似ていると言うことです。この歌の訓、七五句のうち、六四句は双方同じ訓と考えられます。全体の八五パーセントが同じ訓なのです。とはいえ、読者の方々は、同じ歌本文を読んでいるのだから、訓が同じようになるのは当然と思うかもしれません。しかし、『万葉集』の歌本文は、誰が読んでも同じ訓になるわけではないところが少なからず存在します。

飛鳥　明日香乃河之　上瀬　石橋渡

これは、当面の歌（一九六）の冒頭部分の歌本文です。第一、二句は、「とぶとりの　あすかのかはの」は、まずだれでも同じ訓で読むと考えても良いでしょう。しかし、次の第三、四句は、本によっては、「かみつせに」「いははしわたし」とも読まれているのですが、天治本、廣瀬本はともに「のぼりせに　いしはしわたし」となっています。これなどは、両者に転写関係が存するからと考えられます。次の例は、第四〇句です。

君与時々

これは、仙覚校訂本では「キミトトキ〱」と読まれているのですが、天治本、廣瀬本では「きみとときとの」と読まれています。「君与時々」という字面から「きみとときとの」と読むことは難しいと思われ、天治本（忠兼本）の訓が廣瀬本（雲居寺書写本）に継承されたものと考えられます。つぎは、第六〇句です。

猶預不定見者

これはなかなか読みにくい歌本文ですが、天治本、廣瀬本そろって「やすらふみれは」と読んでいます。「猶預不定」は、揺れ動いて際限が無い様をいう表現と考えられますので、

「やすらふ」（ぐずぐずする）は、あながち的外れな訓ではありませんが、当面の句は、「大船猶預不定見者」と続いていますので、仙覚校訂本のように、慣用的な表現として、「おほふねの　たゆたふみれば」と読むべき所です。

長歌全体の合致する句の多さを勘案すると、これら天治本と廣瀬本の訓の一致は、別々に付訓されたものでなく、継承された訓だと考えて良いかと思います。

しかし、天治本と廣瀬本の訓が完璧に一致しているというわけではありません。次は、第一五句です。

何然毛

この句は、前後の文脈から、どういうわけかという意味の「なにしかも」と読まれると考えられますが、天治本は、この句を「わきもこは」と読んでいます。「わぎもこ」は、『万葉集』で男から愛しい女を呼ぶ言葉であり、文脈上ふさわしくないと言えます。しかし、このような不適切な訓こそ、両者が一致していると系統上の結びつきが確実になる例とも言えます。ところが、廣瀬本ではここを「なにしかも」と読んでいます。両者は一致しません。

このような例を一例でも見つけると、急に今までの主張が怪しげに見えてくるものです。しかし、天治本、廣瀬本両本の関係は、訓全体で見極める必要があります。訓の大部分が似ていれば、両者の転写関係は疑いようが無いと思われます。また、当面の例も、廣瀬本と同じ片仮名訓本系統の紀州本では「ワキモコモ」となっているのです。片仮名訓本系統としては、天治本（忠兼本）の訓を継承しているという証拠になると思います。

廣瀬本巻二の平仮名訓の混乱

片仮名訓本系統の諸本で、長歌に平仮名訓が集中するのは廣瀬本の巻二だけです。廣瀬本の他の巻にも、他の片仮名訓本系統にもこのような状況は見られません。そして、それは、平仮名訓本の忠兼本の訓を継承した結果だと考えられます。ならば、片仮名訓本系統で、最も早く長歌の訓が付されたのは、廣瀬本の巻二であったと考えられます。

また、廣瀬本の巻二の長歌訓は、平仮名の訓があったり、片仮名の訓があったり、付訓の位置が歌本文の右だったり、左だったりとまったくばらばらです。甚だしい場合は、平仮名の訓が途中で片仮名になったり、歌本文の右にあった訓が左に移ったりしています。たとえば、次のような例があります。

図21は、二一〇番の冒頭部分ですが、訓が歌本文の右ではなく、左傍らに付される奇妙な

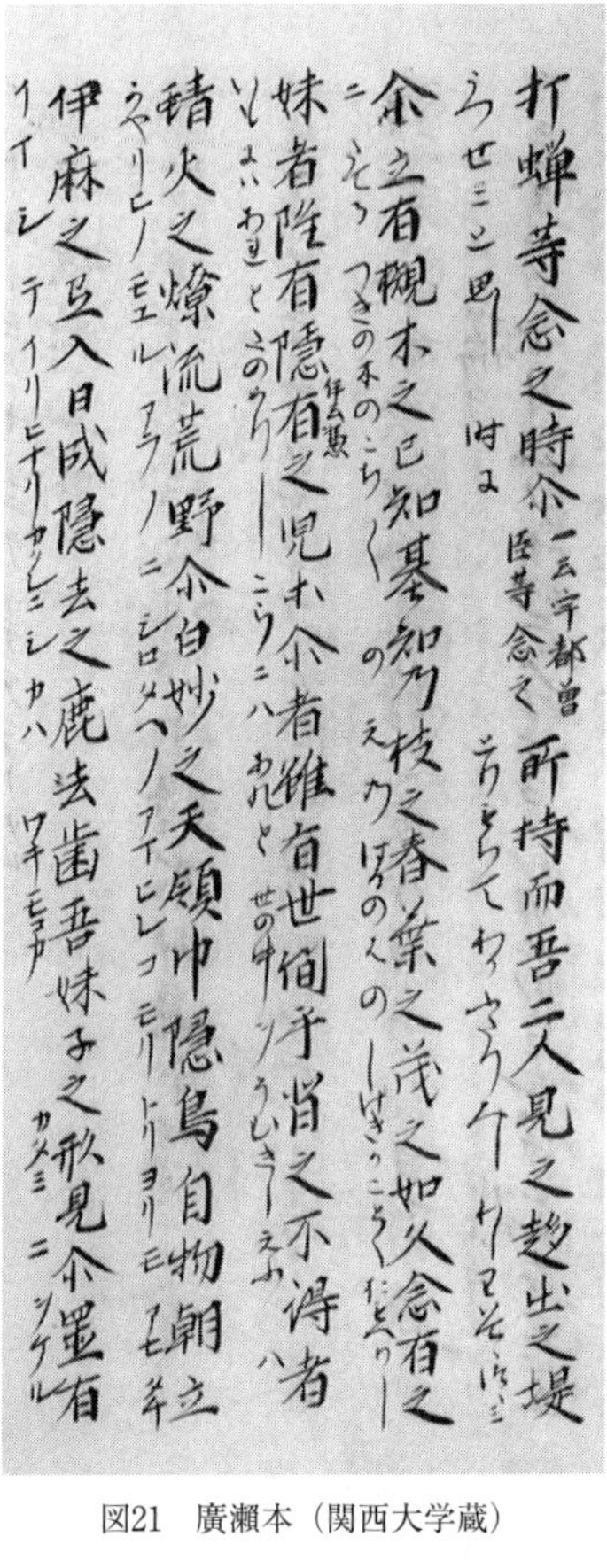

図21　廣瀬本（関西大学蔵）

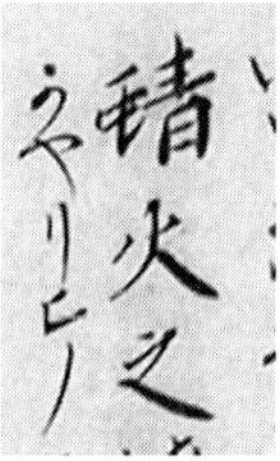

図22　拡大

例ですが、それだけではなく、長歌の途中から訓の種類が平仮名から片仮名に変わっているのです。変わるのは、第四行の冒頭です。

図22は、この拡大ですが「蜻火之」という歌本文に対しての訓が「かやリヒノ」となっています。「かや」までが平仮名で、「リ

ヒノ」は片仮名なのです。そして、以降の訓はずっと片仮名になります。一首の途中で仮名の種類が変わることも、あり得ない現象ですが、一句の中で途中から仮名の種類が変わると言うことは、異様とも言えます。少なくとも、長歌訓をどのような方針で付けようかという用意もなく、行き当たりばったりで表記していることは明白です。

廣瀬本巻二の長歌訓の様相

歌番号	句数	訓の仮名の種類と位置
一三一	39	片仮名左傍訓
一三五	39	片仮名右傍訓
一三八	43	右傍訓・第一句だけ片仮名、あとは平仮名
一五〇	13	平仮名右傍訓
一五三	13	右傍訓・第二句だけ片仮名、あとは平仮名
一五五	15	平仮名右傍訓
一五九	21	平仮名右傍訓
一六二	20	平仮名右傍訓
一六七	65	平仮名・右傍訓、左傍訓が入り交じる

一九四	29	平仮名左傍訓
一九六	75	平仮名右傍訓
一九九	149	片仮名右傍訓
二〇四	16	平仮名左傍訓
二〇七	53	片仮名・第二十二句まで右傍訓、あとは左傍訓
二一〇	57	左傍訓・第十七句まで平仮名、あとは片仮名
二一三	55	右傍訓・第三句まで平仮名、あとは片仮名
二一七	34	片仮名右傍訓
二二〇	45	片仮名右傍訓
二三〇	29	訓無し・別に平仮名訓有り

このような不安定な表記は、はじめから長歌に付訓しようとしていたのではなく、底本（忠兼本）の長歌訓を見て、とりあえず訓を歌本文の周囲に写し取っておこうとした痕跡と考えられます。一方、廣瀬本巻二の長歌訓には、片仮名傍訓の整った例もあります。廣瀬本巻二の長歌訓の付訓状況は右の表の通りです。一般に歌本文の右傍らに付された訓を「傍訓」

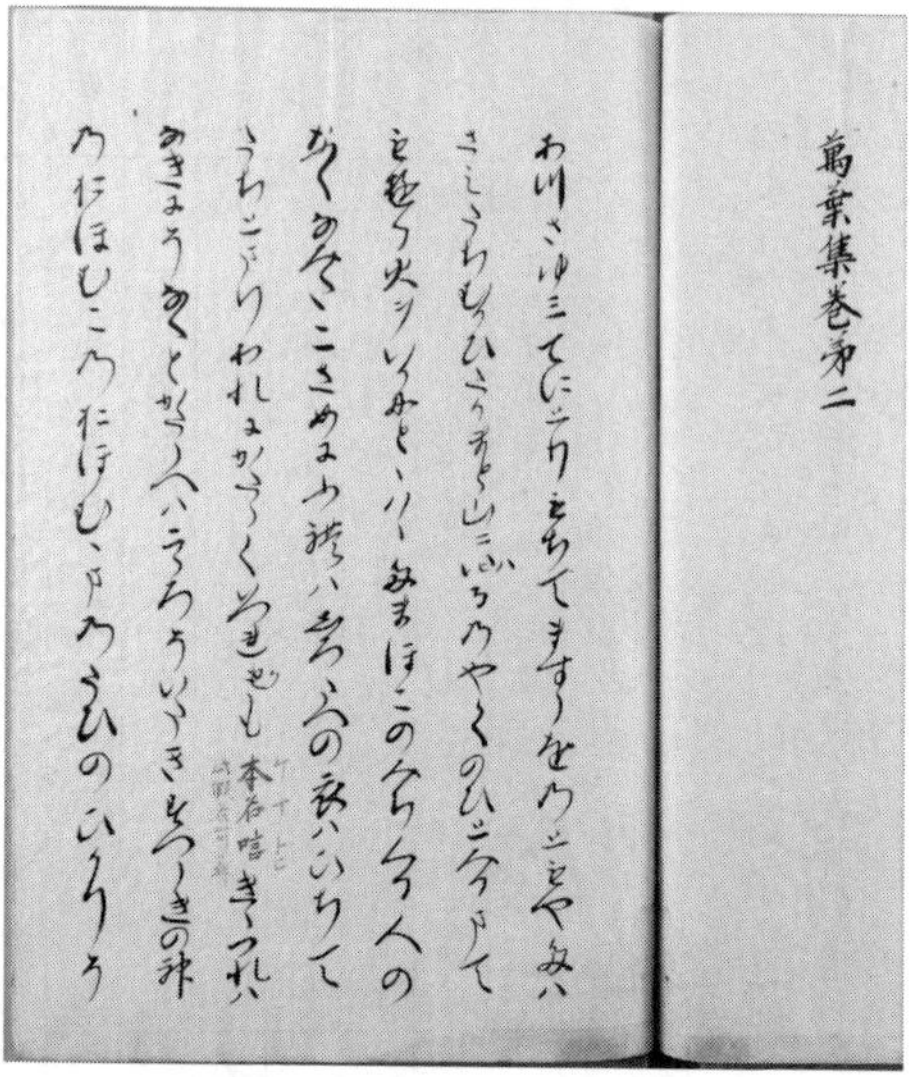

図23　廣瀬本巻二、二三〇の訓
（巻二の尾題の後に書かれています。）（関西大学蔵）

といいますが、この表では、異例の左傍訓が数多く出てきますので、普通に言う傍訓は、「右傍訓」とあえて表示しています。

巻二最後の長歌二三〇番には訓がなく、尾題のあとに平仮名で訓が付されています。これは、付訓のスペースがないところで、底本の訓を付すために、訓を別置する形にしたのだと考えられます（図23参照）。しかし、これは最後の長歌だから出来たことで、他の長歌も同じことをすると、どの訓がどの長歌のものか混乱してしまうので、これ一首のみにとどめたと考えられます。

平仮名、片仮名、右傍訓、左傍訓などの試行錯誤の結果、片仮名傍訓という形に落ち着き、その方式に基づき、他の巻の付訓が行われたと考えられます。

廣瀬本巻二の長歌訓は、片仮名訓本系統の初発である雲居寺書写本が、忠兼本を写し取った現場を生々しく残した重要な痕跡であると考えられます。

忠兼本の長歌訓の姿

忠兼本の長歌訓の姿は天治本で見ることが出来ます。たとえば図24のような形になります。これは、江戸時代に伴信友《ばんのぶとも》が京都曼殊院にあった天治本を臨写した検天治本の一九六の画像です。第五行までが歌本文、それ以降の四行は訓になります。天治本巻二の長歌訓は別提訓なのです。他の三例も同様です。しかし、廣瀬本は、主として傍訓になっているのです。廣瀬本が忠兼本の長歌訓を写し取っているのならば、形式も当然別提訓であるべきだとも考えられます。

廣瀬本は、一面七行で書写されています（図25）。右丁は、巻二の一三二から一三四の短歌

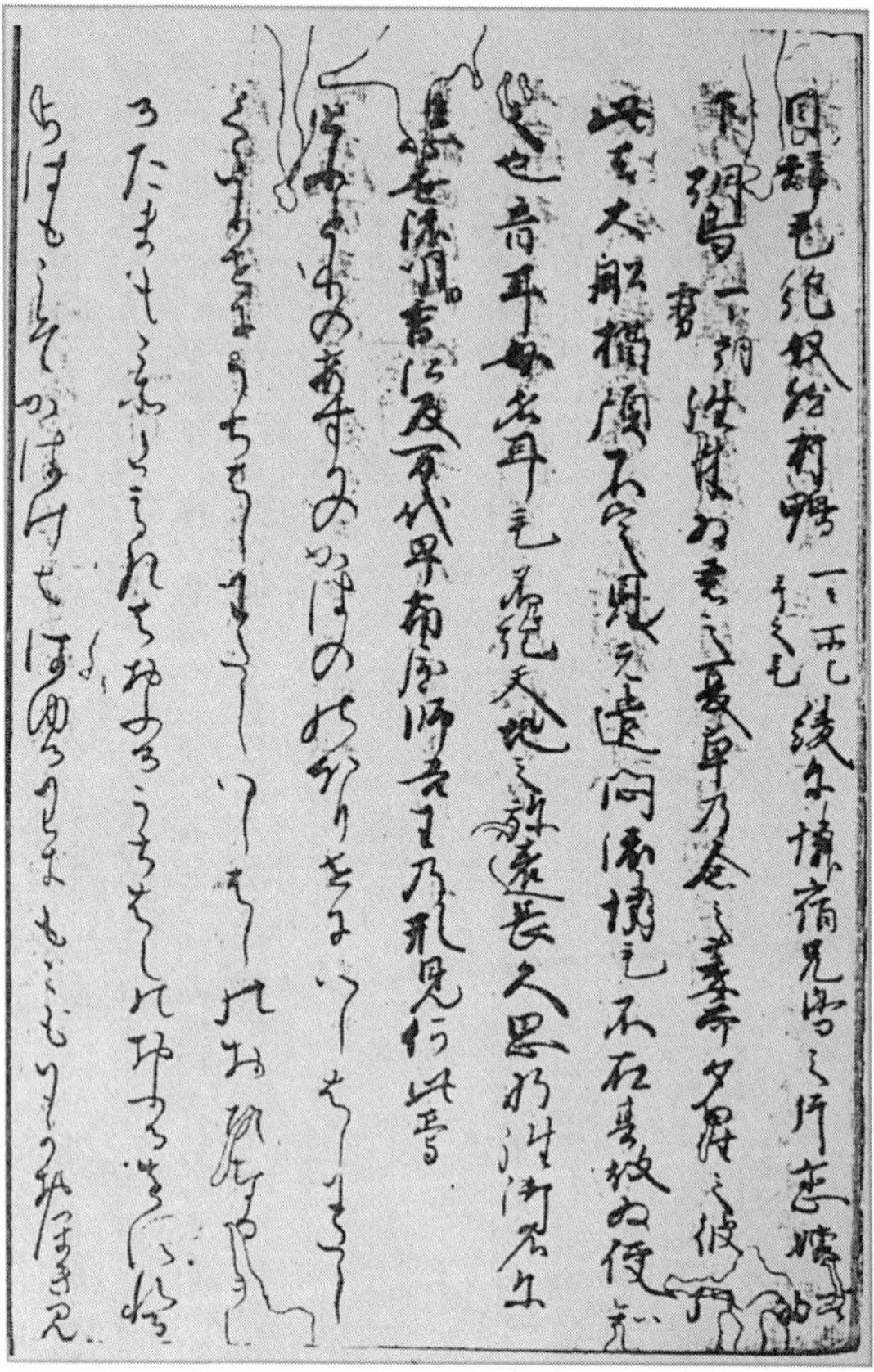

図24　検天治本（京都大学蔵）

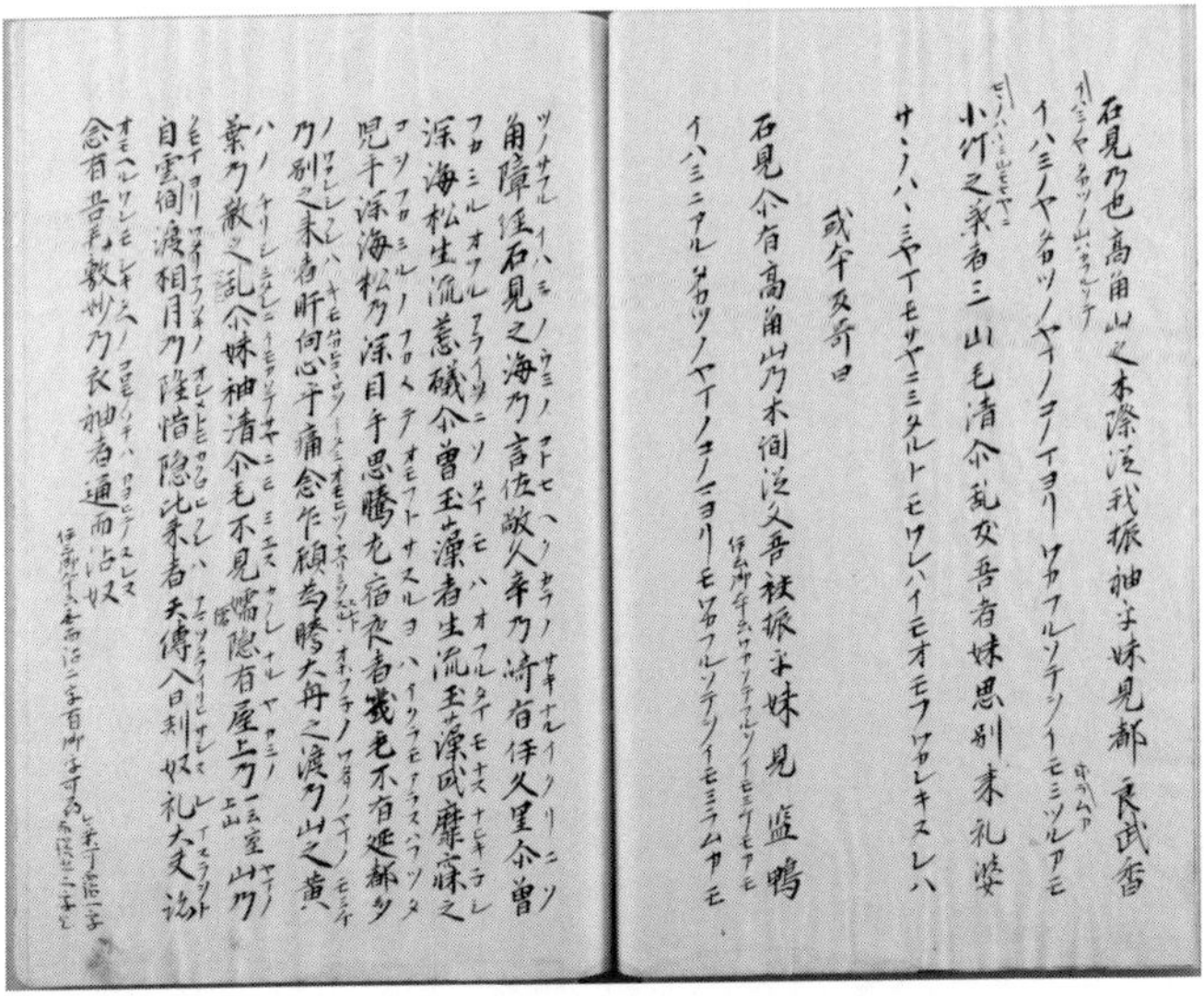

図25　廣瀬本（関西大学蔵）

三首、左丁は、一三五の長歌です。短歌では、歌本文一行、訓一行（題詞一行）、長歌の場合は歌本文だけで訓のスペースは取っていません。廣瀬本では、全巻でこの一面七行の形式を貫いています。

『万葉集』の写本の中には、元暦校本のように、巻によって一面行数がまちまちの本もありますが、廣瀬本は一面行数は一定です。そして、巻二の場合長歌に付訓スペースはありませんし、あった痕跡もありません。これは、廣瀬本が本来の形として、一面七行で長歌訓のスペースを作らない形で歌本文を書写していたためと考えられます。そして、その形が雲居寺書写本の姿であったと考えられるわけです。

先に挙げた二三〇長歌の訓が平仮名で尾題の後に付されていたことを見ても、底本の訓を付そうと考えたのは、長歌訓にスペースを作らず書写した後であることがわかります。

第六章　「九十余首なき本」の系譜

「九十余首なき本」

廣瀬本が、雲居寺書写本に位置づけられる証拠は、他にも挙げられます。それは、「九十余首なき本」をめぐる問題です。

『万葉集』は、巻二十の天平宝字三年（七五九）正月の、
新《あらた》しき年の始めの初春の今日降る雪のいやしけ吉事《よごと》
という大伴家持の歌で終わるのが普通ですが、伝来の途上では、その歌より百首近く少ない伝本があり、そのような本が「証本」、つまり信頼できる伝本として重要視されていたという歴史がありました。これが、「九十余首なき本」です。

現存する『万葉集』の諸本に、九十余首が欠けた伝本（実際に欠けていたのは九四首です）は存在しません。それゆえ、少し前までは、伝本研究の中で、この「九十余首なき本」はさして注目されることはありませんでした。しかし、他でもない、仙覚校訂本が本来「九十余首なき本」であったことが早く『校本万葉集』（首巻）に指摘されているのです。

図26は、仙覚校訂本の第一次の寛元本の一種である神宮文庫本の巻二十の目録の一部分で

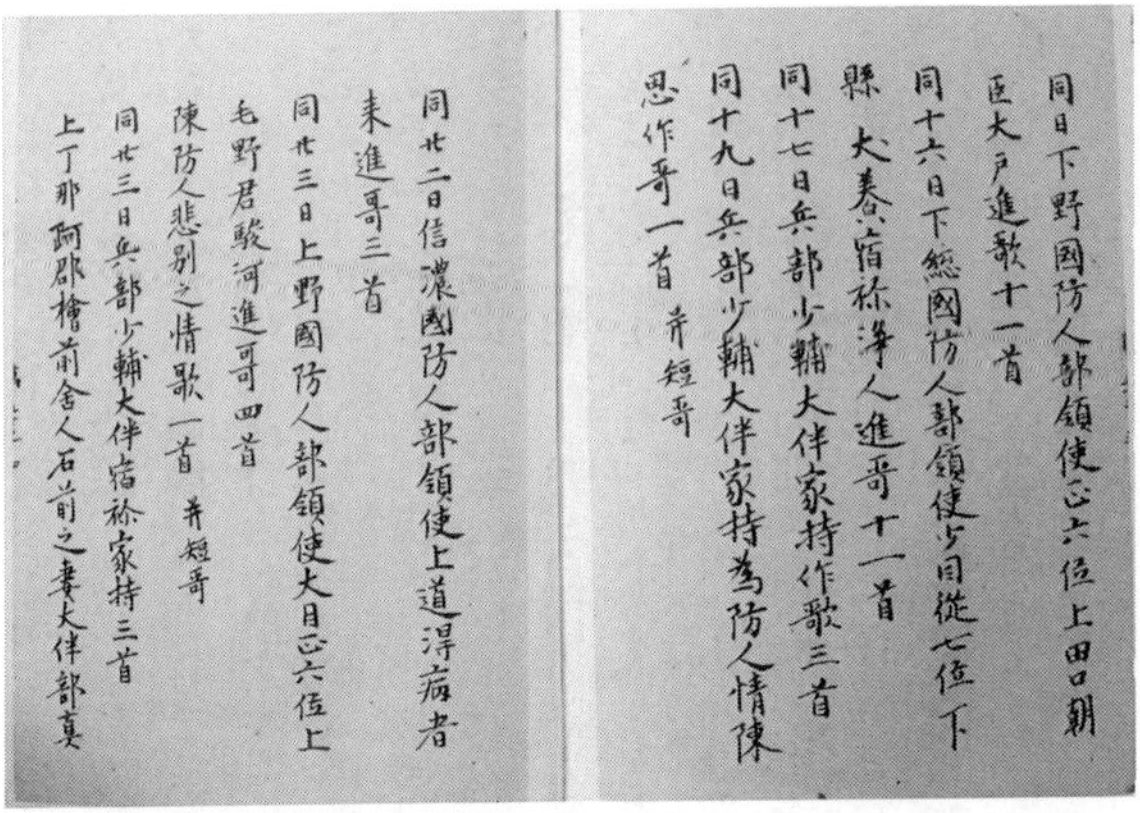
同日下野國防人部領使正六位上田口朝
臣大戸進歌十一首
同十六日下総國防人部領使少目従七位下
縣犬養宿祢淨人進哥十一首
同十七日兵部少輔大伴家持作歌三首
同十九日兵部少輔大伴家持為防人情陳
思作哥一首　并短哥
同廿二日信濃國防人部領使上道得病者
来進哥三首
同廿三日上野國防人部領使大目正六位上
毛野君駿河進哥四首
陳防人悲別之情歌一首　并短哥
同廿三日兵部少輔大伴宿祢家持三首
上丁那珂郡檜前舎人石前之妻大伴部真

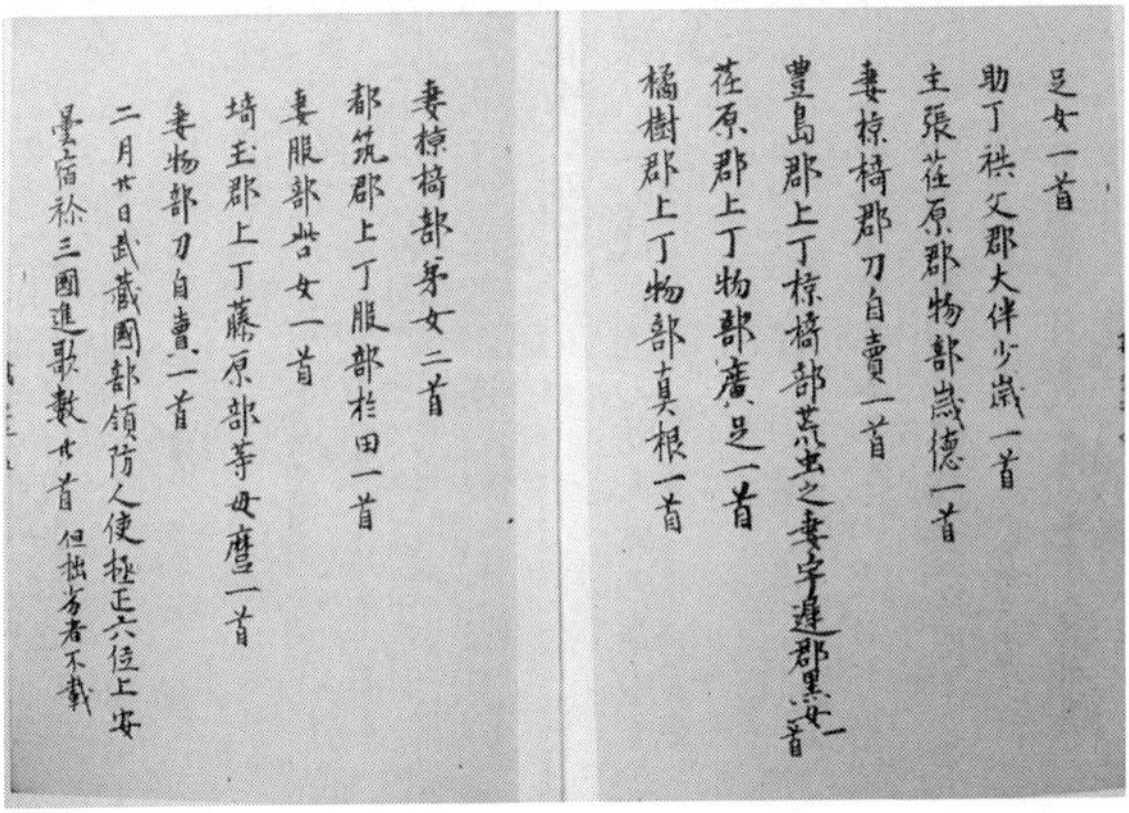
足女一首
助丁秩父郡大伴少歳一首
主張荏原郡物部歳徳一首
妻椋椅部刀自賣一首
豊島郡上丁椋椅部荒虫之妻宇遅部黒女一首
荏原郡上丁物部廣足一首
橘樹郡上丁物部真根一首
妻椋椅部弟女二首
都筑郡上丁服部於田一首
妻服部呰女一首
埼玉郡上丁藤原部等母麿一首
妻物部刀自賣一首
二月廿日武蔵國部領防人使掾正六位上安
曇宿祢三國進歌數廿首　但拙劣者不載

図26　神宮文庫本（神宮文庫蔵）

す。上の段から下の段へと続いています。このあたりは、各国から献上された防人の歌が並んでいます。上の段は、間に家持の歌を交えつつ、下野国、下総国、信濃国、上野国の表示が続きますが、上の段の最終行をご覧ください。

上丁那珂郡檜前舎人石前之妻大伴部真/足女一首

ここから下の段に到るまで、個人名が続き、最後の二行になってこれらが武蔵国の防人の歌であることが表示されます。それまでの表示は、各国ごとに一括して何首としか表示されていなかったのに、武蔵国だけは収められた歌々の作者が逐一表示されているのです。なぜか。少なくとも、巻二十の武蔵国の防人歌の部分に何らかの事情が存したことは確かです。

実は、先に述べた「九十余首なき本」は、この武蔵国の防人歌の途中で途切れた本だったのです。図27は、神宮文庫本の当該部分です。

第六行と第七行の間に細い字で書かれているのは、注記です（▼の部分です）。(9)

或本この歌を以て集の終はりとなす。これより奥の歌無し。よりて不快なり。本の奥に云はく秘蔵によって別に書くと云々。この儀しからざるべきか。有るを以て良しとすべし。

つまり、注記の直前の、

▼

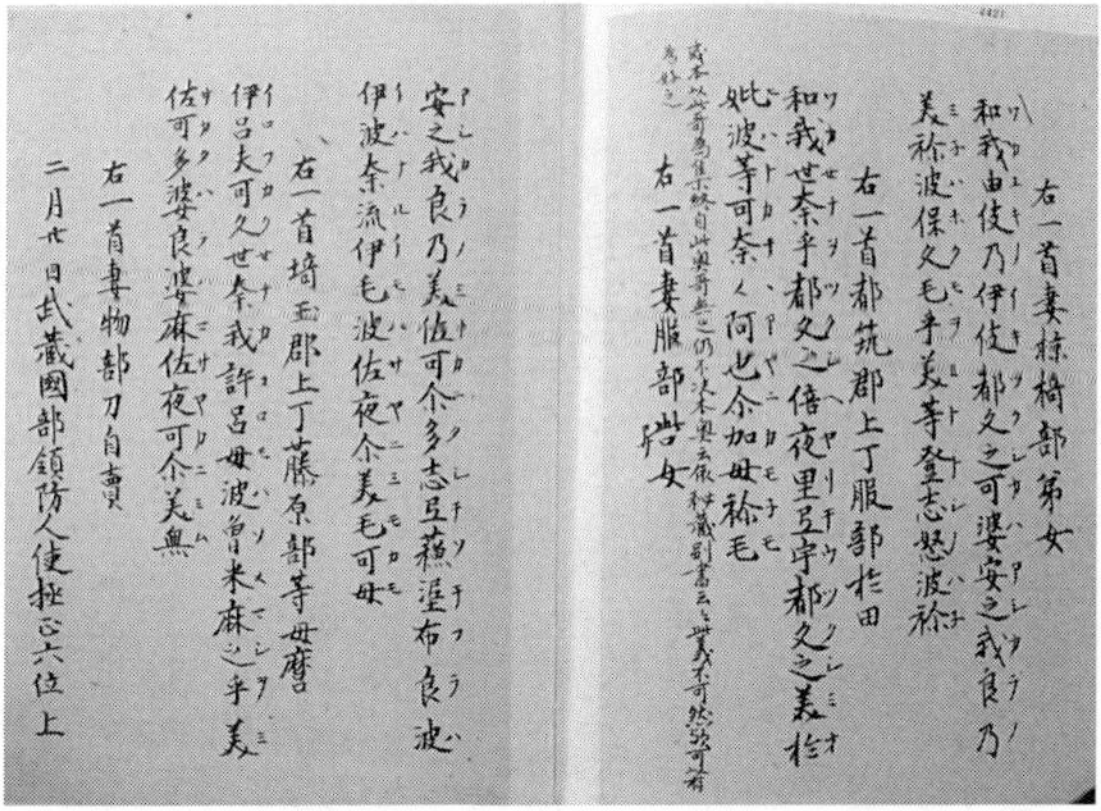
右一首妻椋椅部弟女
和我由伎乃伊伎都久之可婆安之我良乃
美祢波保久毛乎美等登志怒波祢
右一首都筑郡上丁服部於田
和我世奈乎都久之倍夜里弖宇都久之美於
妣波等可奈々阿也奈加毋祢毛
右一首妻服部呰女
安之我良乃美佐可介多志弖蘇提布良波
伊波奈流伊毛波佐夜介美毛可毋
右一首埼玉郡上丁藤原部等母麿
伊呂夫可久世奈我許呂毋波曽米麻之乎美
佐可多婆良婆麻佐夜可介美無
右一首妻物部刀自売
二月廿日武蔵國部領防人使掾正六位上

図27　神宮文庫本（神宮文庫蔵）

和我世奈乎都久之倍夜里弖…

という歌（四四二二）で集の終わりとする本があったというのです。ここから先の最終の歌までが九四首です。つまり、この歌が「九十余首なき本」の最終歌ということになります。

この「九十余首なき本」と先ほどの巻二十の目録との関係を見つけ出したのは、武田祐吉氏でした。

武田氏は、『校本万葉集』（首巻　二七六頁）の中で、武蔵国の防人歌だけ一首一首名前を挙げていたのは、その目録を作った時点で、その本が「九十余首なき本」だったため、武蔵国の防人歌の途中で切れていたため、上野国の後の歌々が、どこの国の歌であるか、また何首あるのかもわからなかったため、やむなく一首一首の作者を書き出した。そして、残りの歌が補われた時点で、後の部分を整備したと推定しました。まことに慧眼であると思います。この指摘により、仙覚校訂本の底本、つまり親行本は、本来「九十余首なき本」であることが明らかになったわけです。

武田氏は、その親行本の祖本である忠兼本も同じ出自であると指摘しています。第四章で述べた親行本の奥書などを載せる飛鳥井雅章筆本には、右の巻二十、四四二二の部分に次のような注記があったことを記録しています。

A書本に云はく、一部二十巻丹志を表《あらは》さんために愁《なまじひ》に紫毫を染めをはんぬ。逸少の藝にあらずといへども既に莫大の功を積むものか。

長治元年仲冬二日書写畢んぬ。

B或本云はく、ここより奥の歌無し。よりて不快なり。本の奥に云はく、秘蔵によって別に書くと云々。

この歌以下或本書き入る。正本この歌等無し。

この注記も親行本にあったものと推定されます。注記の内、Aとした部分は、四四二二で集の終わりとなり、そのあとに奥書が付された形を再現したものと考えられます。長治元年は、一一〇四年。時代的には、先の系譜（五五頁）で言うと、讃州本から忠兼本の時代に当たります。『校本万葉集』（首巻）では、讃州本の書写者藤原顕綱《あきつな》を『尊卑分脈』の記載に従い、康和五年没（康和五年は、長治元年の前年にあたります）としており、したがって、この奥書は讃州本のものではあり得ず、忠兼本のものであろうと推定しています。しかし、近年の歌合記録などの調査から、顕綱は、康和五年より後にも存命であることがわかっており⑽、長治元年の奥書が顕綱のものである可能性は消えません。

一方、次の忠兼は、生没年未詳なのですが、康和五年（長治元年の前年）に蔭孫として「東宮蔵人所雑色」になったという記事が見え（『本朝世紀』）、この時代にはまだ若輩者だと考えられますので、長治元年の奥書は、やはり讃州本のものと考えられます。

Aの冒頭「書本に云はく」とありますので、Aは、忠兼本が引用した讃州本の奥書ということになります。そして、Bは忠兼本自体の注記と考えられます。Bは、まず「或本」の発言が引用されます。「ここ（四四二二のことです）よりあとの歌がない。不快である。その本の奥書には、大事なものなので別にこれを書くと書かれていると」。次からは、忠兼の発言かと思われますが、その或本には四四二二以下の歌が書き入れられていた。しかし、「正本」、正当な伝本では、四四二二以降の歌はないといった内容です。

なかなか複雑な内容です。まず、底本として写した讃州本は、四四二二で集が終わった本でした。別の「或本」を参照すると、この本でも四四二二以降は無いのですが、その本の書写者は、そのことを不快としています。また、「或本」では、四四二三以降は別に書くと述べられています。実際「或本」には四四二三以降が書き入れられていたようです。ただし、正当な伝本にはこの部分は無いとしています。忠兼が写した讃州本のことを言っているのかと思われます。

するると、忠兼本の時点で、底本の讃州本は、まさに「九十余首なき本」であったわけです。しかし、忠兼は、他の本（「或本」）も参照しました。その本では、四四二二以降が無い状態を「不快」と言明し、なおかつ、以降の歌々が書き入れられていたのです。では、忠兼本は、いったいどのような形だったのでしょうか。底本が「九十余首なき本」であったのに対して、「或本」を引用したのは、以降の歌が無いことを不快とする見解に賛同したためと思います。ならば、忠兼は、「或本」で書き入れられていた四四二二以降の歌々も、同じように書き入れられたのではないかと想像されます。

つまり、ＡＢの注記からは、忠兼本の時点では、「九十余首なき本」に以降の歌が書き入れられた形になっていたと考えられます。しかし、忠兼本は失われ、それを写した天治本も巻二十は現存しないため、その姿は確認できません（天治本は、伴信友の臨写した検天治本も含めて、巻二、十、十三、十四、十五、十七しか残っていません)。しかし、Bで述べられる四四二二以降の部分は、「別に書く」「書き入る」など、それ以前とは異なった書き方であることが示唆されています。

廣瀬本の四四二二、四四二三

忠兼本の姿が失われ、仙覚校訂本では「九十余首なき本」の痕跡は消し去られてしまった中で、忠兼本の当該部分の姿がうかがえるのは、現存本では廣瀬本しかありません。紀州本も片仮名訓本系統ですが、片仮名訓本系統の紀州本は巻十までです(巻十一以降は、仙覚文永本系統です)。

逆に言えば、もし、廣瀬本が、雲居寺書写本を反映した本であったなら、当該部分に忠兼本の注記に相当する何らかの痕跡が残っている可能性があります。では、廣瀬本の当該部分はどうなっているのでしょうか。図28をご覧ください。

画面の一番右が四四二一で、最後が四四二四です。廣瀬本は、片仮名別提訓です。右丁の二首には歌本文に続いて片仮名の訓が見られますが、左丁の二首には訓が見られません。右

イ　　　　　　　　ア

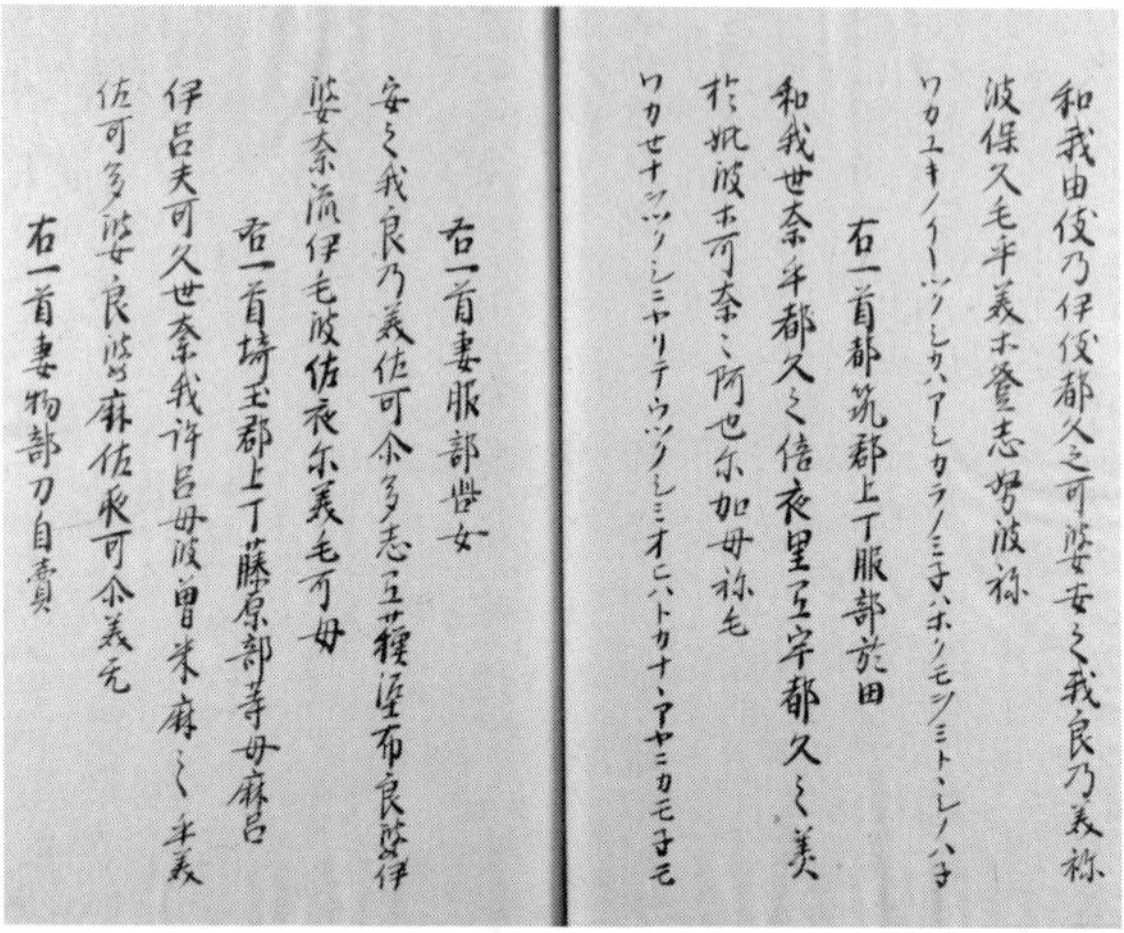

図28　廣瀬本（関西大学蔵）

丁のアは四四二二、左丁のイは四四二三です。つまり、四四二二と四四二三との間を境に変化が起きていることがわかります。実際、アより前の歌々には基本的に訓が有りますし、イより後の歌々には一切訓がありません。どうしてこのような変化が起こっているのでしょうか。

図29・30は、廣瀬本巻二十の、それぞれ、アより前の歌々、イより後の歌々です。図29は、四三九六〜七です。図29のウは四三九六の題詞、エは歌本文（二行）、そしてオが訓です。あきらかに題詞が歌より低いことがわかります。廣瀬本は、巻一か

ら巻十九までずっとこの形で写されています。

一方、図30は、四四三八〜九です。カは四四三八の題詞、キは歌本文です。次に来るはず

ウ　エ　オ

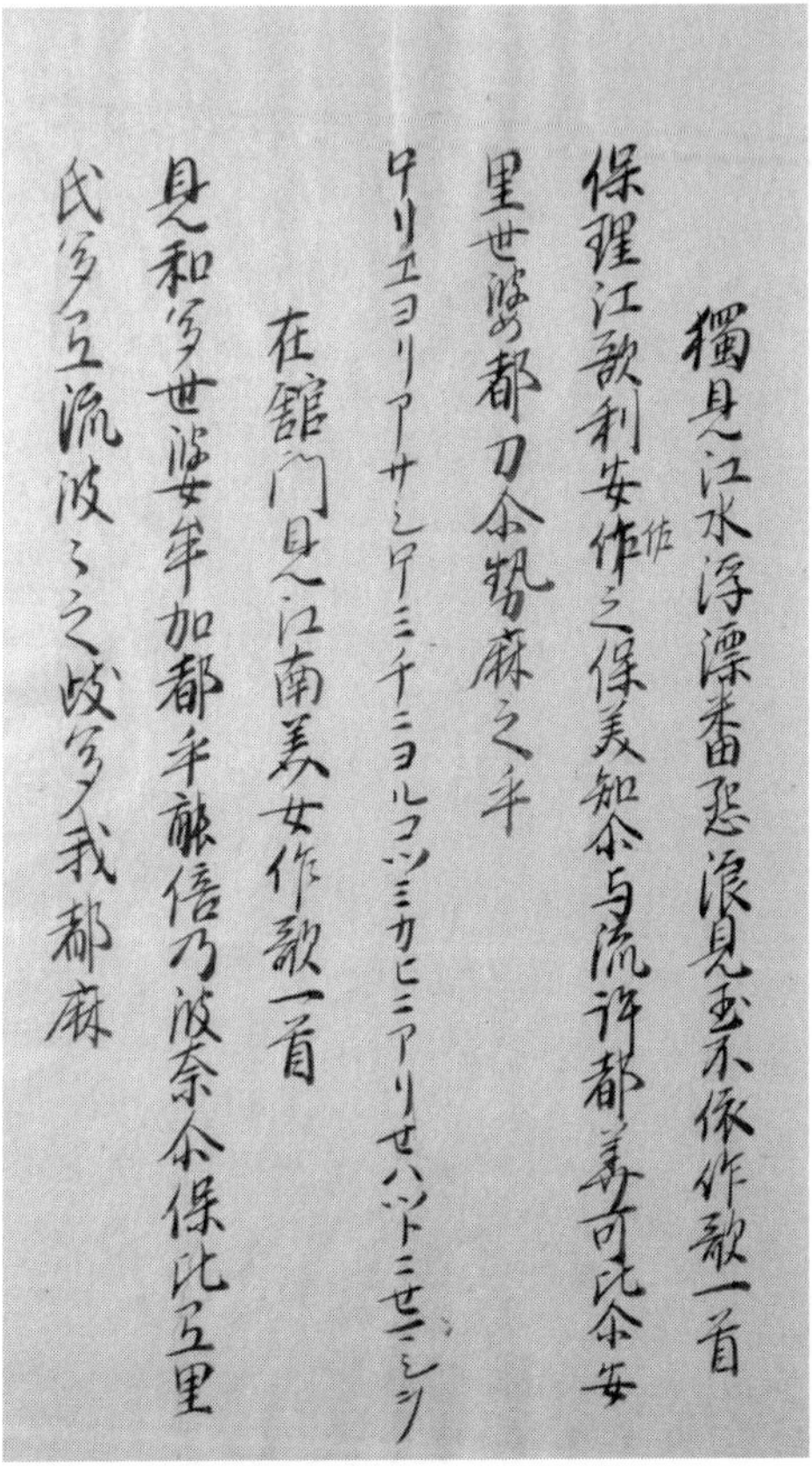

図29　廣瀬本（関西大学蔵）

ケ　　　　ク　　　　キ　カ

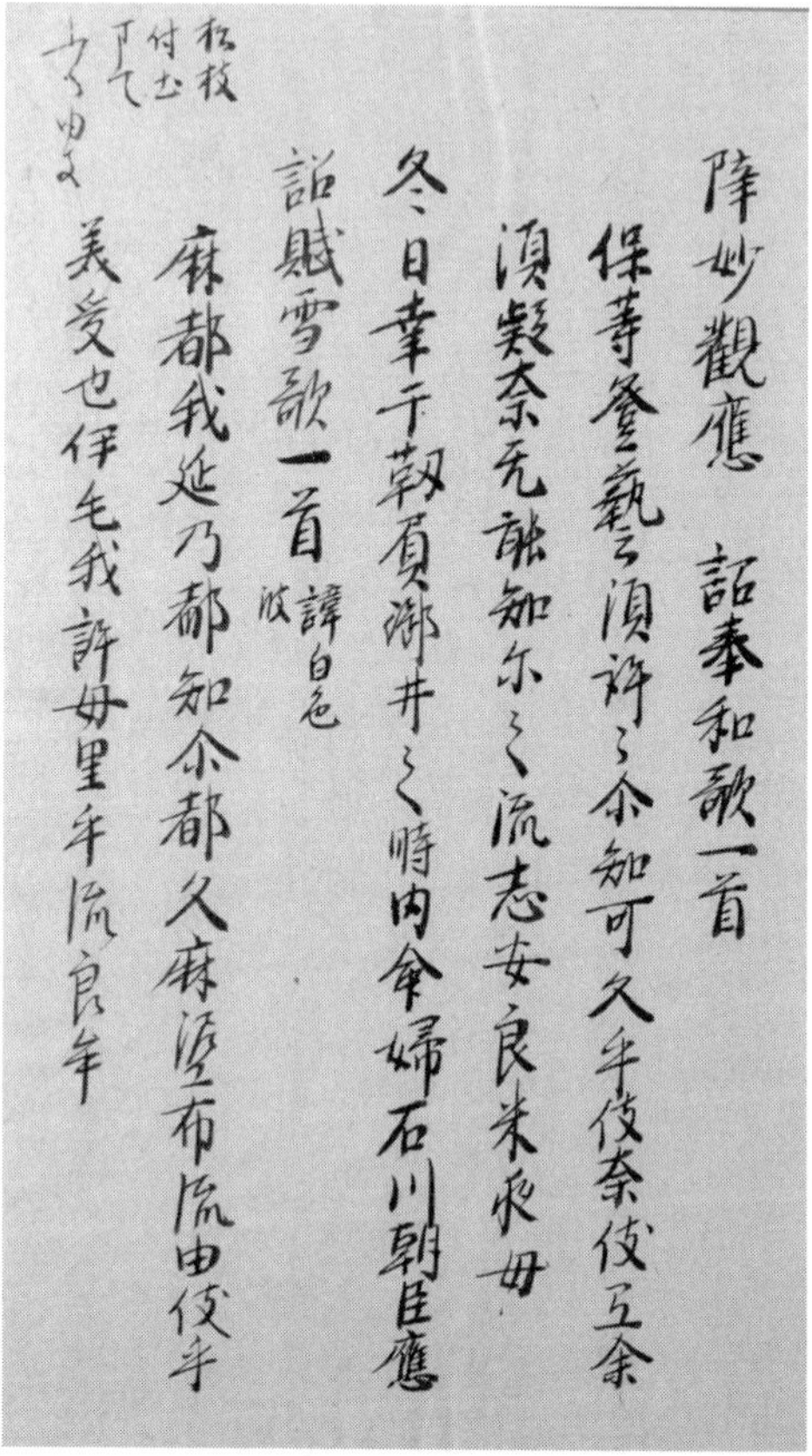
降妙觀應　詔奉和歌一首
保等登藝須許ゝ尓知可久乎伎奈伎弖余
須疑奈无能知尓ゝ流志安良米夜母
冬日幸于靫負御井之時内命婦石川朝臣應
詔賦雪歌一首 諱曰邑婆
麻都我延乃都知尓都久麻泥布流由伎乎
美受也伊毛我許母里乎流良牟

図30　廣瀬本（関西大学蔵）

の訓はありません。同じように、四四三九の歌でも、クが題詞、ケが歌本文です。一目瞭然、題詞は歌よりも高く書かれています。廣瀬本では、イよりも後の部分に題詞が三七箇所見られますが、いずれも題詞は歌よりも高く書かれています。

つまり、廣瀬本巻二十では、題詞はある部分から、歌より高く書かれるようになるのです。その境はといいますと、題詞が低い最後の歌は四三九八（他本では四四〇八にも題詞がありますが、廣瀬本はこの歌の題詞が欠落していて、題詞の高さはわかりません）まで、題詞が高くなる初めての歌は四四三三です。この間約三〇首ありますが、ちょうど防人の歌々が並んでいる部分で、題詞が少ない部分に当たります。

したがって、正確なところ、どこから題詞が高くなるか明確にしがたいのですが、この三〇首の間に、先の訓が無くなる部分が位置しているのです。しかも、訓がなくなる箇所は、先に見ていただいた「九十余首なき本」の境、四四二二と四四二三の部分なのです。おそらくは、題詞が高くなる起点もこの部分になるのではないかと考えられます（次頁の図参照）。

取り合わせ本

では、ある部分までは題詞が低く、ある部分から題詞が高くなるという現象は、どのように説明できるでしょうか。第一章で『万葉集』の伝本を説明したとき、『万葉集』の伝本には、題詞が歌より高い本と題詞が歌より低い本とがあるということを述べました。題詞が歌より高いという形は、『万葉集』の伝本でも桂本、金砂子《きんすなご》切などごく一部の本にしか見えない特徴ですが、桂本が現存最古の伝本であることからもわかるように、由来の古い形態だと考えられます。

四三九八（題詞の低い最後の歌）

四四二二（ここまで訓あり）

四四二三（ここから訓無し）

四四三二（題詞の高い最初の歌）

（四三九八〜四四三二）この間、題詞無し

問題は、題詞の高い本は一貫して高く、低い本は一貫して低いと言うことです。題詞の高さが入り交じる伝本は基本的にありません。現存本の中で、嘉暦伝承本は、題詞（正確には標題というべきですが）が低い部分と高い部分があると指摘されています（『校本万葉集』）。しかし、同本は、古い形態を持っているとは言え、南北朝書写の伝本ですし、題詞の高い低いの不安定さは、本来の形をとどめたものかどうか疑問が残ります。ならば、どう考えればよいか。

題詞の高さが変わると考えられる部分は、「九十余首なき本」の終了する箇所、つまり、「九十余首なき本」ならば、ここが『万葉集』の最後になる部分です。続く題詞が高い部分は、題詞が低い部分とは明らかに異質です。おそらくそれまでとは系統の異なった本だと考えられます。つまり、題詞の高い部分は、題詞の低い「九十余首なき本」の残りを、系統の異なる題詞の高い本で補った痕跡と考えたら良いのではないでしょうか。

古典文学の書写で、底本である部分が失われたときなど、他本によってその部分を補う場合があります。そのような本を「取り合わせ本」と称しますが、廣瀬本の巻二十のこの現象は、取り合わせの痕跡なのだと考えられます。つまり、次頁の図のようなイメージです。

先の忠兼本の奥書で、底本の讃州本は「九十余首なき本」で、それを「不快」とした「或本」が残りの歌々を書き入れていたと述べていることを紹介しましたが、讃州本に或本の書入の部分を補った結果できた忠兼本の姿とは、この廣瀬本のような形だったのではないかと考えられるのです。つまり、廣瀬本の巻二十の途中から題詞が高くなっているという現象は、廣瀬本が本来「九十余首なき本」に残りの歌を題詞の高い本で補った本であったことを意味し、なおかつ、忠兼本に書かれている姿を受け継いだものであったためと考えられるのです。

「九十余首なき本」（題詞が歌より低い）

＋

残りの九十四首（題詞が歌より高い）

廣瀬本と忠兼本とのつながり、また、廣瀬本と親行本とのつながりは、廣瀬本の中には一切書かれていません。しかし、廣瀬本が片仮名訓本系統であるという点からはじめて理論的推定を繋げてゆくと、廣瀬本が雲居寺書写本であったという結論に結びつくわけですが、この廣瀬本巻二十の、途中で題詞の高さが変わるという特異な現象は、廣瀬本が、忠兼本を承けて、片仮名訓本に変わった雲居寺書写本であることを証明する何よりも重要な証拠だと考えられます。

第七章　通説との齟齬

親行本の姿

以上述べてきたことは、これまでの『万葉集』の伝来史の学説とは大きく異なっています。そのなかでも最も大きな違いは、従来の説では、

仙覚寛元本の底本である親行本は、平仮名別提訓だということです。この説は、橋本進吉氏の説ですが、「心の花」という雑誌に掲載されて、さらに『校本万葉集』（首巻）に再録されることにより、広く流布してゆきました（『萬葉集仙覚本と天治本』）。大正四年（一九一五）に公表されたこの論文は、その後百年近く通説として伝来史の中で行われてゆくことになります。

橋本説は、どのような根拠で形作られたのでしょうか。まず、橋本氏が示した親行本の系譜は次のようなものです。

忠兼本――源光行本――源親行本――仙覚寛元本

先ほど見ていただいた系譜と比べると、忠兼本と親行本との間にあった雲居寺書写本が欠けています。これは、橋本説によると、忠兼本から親行本まで、付訓形式を含めほぼ同じ形で書写されたという考え方ですので、雲居寺で写された本は、すなわち光行本という考えかと思います。

このうち、忠兼本が、同じ忠兼本の奥書を持つ天治本の存在から、平仮名別提訓であったと推定出来ることは先にもお話ししました。橋本氏が注目したのは、仙覚校訂本奥書で、校訂の経緯を語る巻一の奥書では、校訂の底本に親行本を使った由が書かれているのに、巻二十の校訂で用いた諸本の特徴を述べる部分において、親行本の名が一回も出てきていないという点です。一方、忠兼本の名は頻繁に出てきます。校訂で最も重要な底本の親行本の名が一回も出てこないことは、いかにも不審です。

そこで、橋本氏は、仙覚は、おそらく忠兼本を見ることは無かったであろう（あとでお話ししますが、仙覚は忠兼本を見ていたとしか考えられません）と推定し、仙覚が忠兼本と称しているのは、親行本が忠兼本の内容をそのまま引き継いでいるため、親行本をそう言っているのだろうとしています。橋本氏のこの考え方に拠れば、仙覚校訂本奥書において、親行本の名前がほとんど登場してこないことにも納得が行くように思われます。

しかし、実は、仙覚校訂本奥書で、あるべき所に親行本の名前が見られないのは、ここだけではないのです。次に挙げるのは、仙覚校訂本奥書に載る底本の系譜です。

先度の書本に云く、斯の本は肥後大進忠兼の書なり。件の表紙書に云く、讃州本を以て書写し畢んぬ。江家本を以て校し畢んぬ。又梁園御本を以て校し畢んぬ。又孝言朝臣本を以て校し畢んぬてへれば、証本と謂ふべきものか。（西本願寺本巻二十奥書）

この奥書は、文永三年本の奥書なので、「先度の書本」とは、寛元本の底本ということになります。つまり、親行本ということになります。その親行本には、これは、忠兼の本である。この本は、讃州本（藤原顕綱の本）を写し、江家本、梁園御本、孝言朝臣本で校合を行った由が書かれていると述べられています。

一方、次は、飛鳥井雅章筆本に載る親行本の底本の奥書です。

書本に云く、斯の本は肥後大進忠兼の書なり　**而して雲居寺に施入され了んぬ。予、借請し、彼の寺の香山房にて書写せるところなり。**件の本の表紙書に云はく、讃州本を以て書写し畢んぬ。江家本を以て校了んぬ。又梁園御本を以て校了んぬ。又孝言朝臣本を以て校了んぬてへれば、証本と謂ふべきものか。

書本を以て一校畢んぬ。

寛元々年後七月廿三日両証本（左民）を以て校点了んぬ。
親行云々

最後の二行は、親行のいわゆる書写奥書ですから、その前が親行本の底本光行本の内容になります。忠兼本が底本になっているという内容は、仙覚校訂本と同じなのですが、太字の部分、忠兼本が雲居寺に施入されていて、「予」（私・具体的に誰なのかは判りません）は、その寺の香山房で忠兼本を書写したという内容が抜け落ちています。また、親行本の奥書には、寛元元年後の七月（閏七月）に両証本で校合したという記事がありますが、その部分も仙覚校訂本には見られません。つまり、親行本の奥書に拠れば、

讃州本――忠兼本――雲居寺書写本――親行本――（寛元本）

という系譜になるはずなのが、仙覚校訂本では、

讃州本――忠兼本――□――（寛元本）

という形になっているわけです。□と書いたのは、寛元本の底本として忠兼本を写した何らかの本があったことは示唆されているけれども、その詳細は語られないという意味です。

仙覚校訂本奥書では、忠兼本の存在は明確なのにもかかわらず、その後の雲居寺書写本、親行本の存在は不明確になっていることがわかると思います。忠兼本の存在は明確で、親行本の存在が不明確という点は、先ほどの諸本の紹介の部分と全く同じです。これは、決して偶然ではありません。仙覚校訂本奥書では、諸本の紹介でも底本の系譜でも、あきらかに親行本の存在を曖昧にしようとしているのです。

橋本氏は、この系譜についても不自然さを感じていたらしく、忠兼本からの系譜を、先述の親行本奥書から補って再構築しています。本書でも、橋本氏の提示した系譜に基づいて作成しています。にもかかわらず、橋本氏は、親行本の存在を薄めようとした仙覚校訂本奥書の意図をさして重要視しているようには見えません。それは、おそらく、奥書の諸本紹介の部分と同じ論理、つまり、結局親行本は、忠兼本と同じ内容の本であるという前提で考えていたからだと思います。それは、仙覚本奥書の次の発言に強く拠っていると考えられます。

今、この万葉集の仮名は、他本皆漢字の歌一首書き畢つて、仮名の歌さらにこれを書く、常の儀なり。然れども今の本に於いては、和漢の符合を糺《ただ》さむがために、漢字の右に仮名を付けしめ畢んぬ。

（西本願寺本巻一奥書）

これは、寛元本の時点での発言ですが、『万葉集』の校訂本作成に当たって、他本は、漢字の歌本文のあとに行を改めて訓を付しているが、「今の本」すなわち、今回の校訂本に於いては、歌本文と訓との符合をはっきりさせるために歌本文の右に訓を付すようにしたと明言しています。

歌本文の右に付訓すること、すなわち傍訓形式は、これまでの伝本の常識を破り、明確な意思の基、仙覚が導入したものと語られています。この記述を信用するならば、仙覚寛元本の底本親行本が別提訓であることは自ずから明らかということになります。橋本論文は、おそらくはこの点を動かぬ事実として、全体の論理を形作っていったものと考えられます。

底本としての親行本

しかし、第四章でも述べたように、親行本は、片仮名傍訓の本であったと考えられます。

他でもない、底本が傍訓の本であったわけです。仙覚自身が、自らの考えで傍訓に切り替えたと述べている一方で、底本は傍訓の本であったという矛盾はどういう風に考えれば良いのでしょうか。

仙覚が『万葉集』の校訂を命じられた経緯は、先にも説明しましたが、源親行のあとを承けて行われました。その際、親行が校訂の底本として用いた親行本を底本として与えられた事がわかっています。親行本は、仙覚が吟味の末選んだ本ではなく、与えられた底本だったわけです。それでは、親行本はどんな本だったのでしょうか。親行本は今に残ってはいませんが、これまでの考察から、少なくとも、片仮名訓本系統の傍訓の本であったことは確実です。ならば、片仮名訓本系統の系統的特徴を持っていたと考えられます。

仙覚は、校訂本の奥書で、校合した諸本の紹介を行っていますが、その中で、一つだけ痛烈に非難している本があります。それは、『万葉集』は、基本的に巻ごとに目録がついているのですが、その目録の冒頭に一巻の歌数が示されている本についてです。歌数の提示自体が非難されているわけではありません。歌数を提示する際の長歌、短歌の名称が問題なのです。

又巻々の初に長歌の員数を挙げて、これを短歌何首等と書く。たとへば、第五巻の初にこれを短歌十首反歌百三首等と書くなり。これすなはち長歌を以て短歌と為す僻料簡の所為か。次に反歌とは、長歌に相副ふ時の短歌なり。故に長歌の次に短歌ある時は、或はこれを反歌と書き、或はこれを短歌と書くものなり。しかるに何ぞ一巻の内の短歌、すべてこれをすべて反歌と謂はんや。その誤一にあらざるか。（西本願寺本巻二十奥書）

仙覚が見たある本では、歌数の提示の際、長歌のことを「短歌」、短歌のことを「反歌」と書いているというのです。この名称の使い方を仙覚は強く批判しているわけです。長歌のことを「短歌」と称することは、『古今和歌集』の巻十九の「雑躰」におさめられている長歌の冒頭に「短歌」という標題があることが有名です。しかし、仙覚は、この長歌を指して言う「短歌」も、短歌を指して用いる「反歌」も理に合わないとして批判しています。仙覚は、諸本の特徴を様々取り上げていますが、ある特徴についてこれほど強く批判している事例は他にありません。ところが、どうも、このような特徴は、片仮名訓本系統の特徴のようなのです。

図31は、片仮名訓本系統の一本、紀州本の巻五の冒頭部分です。「萬葉集巻第五」の次の行の「雑詞」の下が、ちょうど仙覚が奥書で取り上げた部分です。

短歌十　反哥百三首

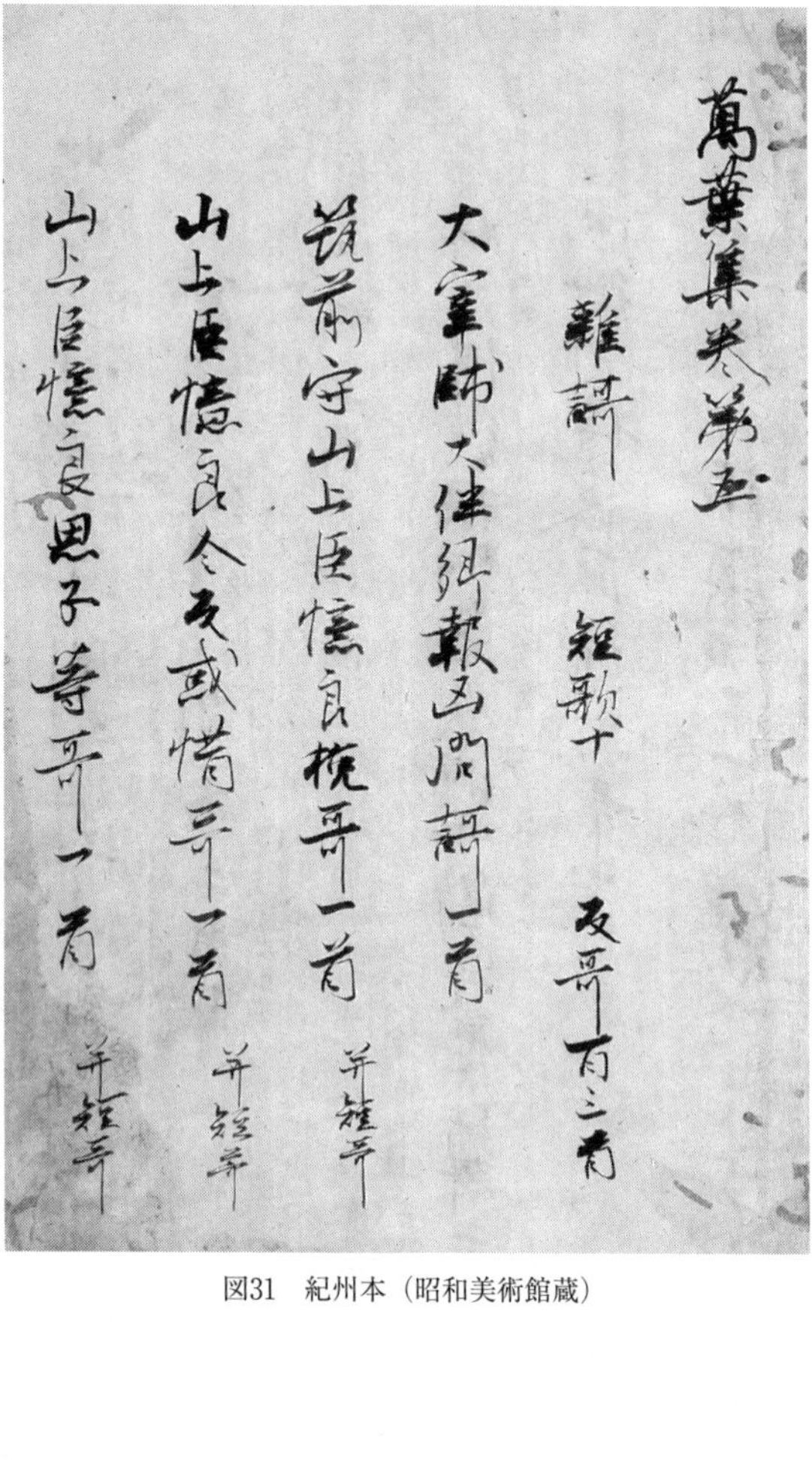
萬葉集巻第五
雑謌　短歌十　反哥百三首
大宰帥大伴卿報凶問謌一首
筑前守山上臣憶良挽哥一首　并短哥
山上臣憶良令反惑情哥一首　并短哥
山上臣憶良思子等哥一首　并短哥

図31　紀州本（昭和美術館蔵）

仙覚本奥書の通りの内容です。巻五冒頭部は、現存の本には紀州本だけにしか見られませんが、他の巻なら、片仮名訓本系統の他の本、廣瀬本、元暦校本代赭書き入れにも同様の注記が看取できます。たとえば、巻十には紀州本、廣瀬本、元暦校本代赭書き入れ三本に同様の注記が見られます。図32は、巻十の廣瀬本の歌数表示です。

「都盧五百五十首」とは、全体で五百五十首の意味です。続く「五百四十四首反哥／二首短哥」の「反哥（歌）」は短歌のこと、「短哥（歌）」は長歌のことであることは、先に述べたとおりです。ほぼ同じ内容が、紀州本、元暦校本代赭書き入れにも見られます。親行本が片仮名訓本系統である以上、親行本にもこのような歌数表示はあったと考えられます。ならば、仙覚の立場からすると、親行本には許容できない欠陥があったことになります。

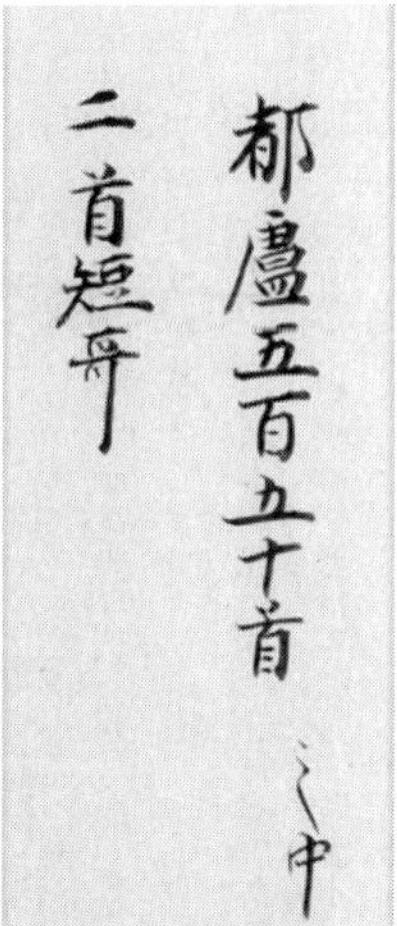

図32　廣瀬本
（関西大学蔵）

その他にも、片仮名訓本系統の諸本には目立った欠陥があります。その一つが、歌の脱落です。片仮名訓本系統の諸本には、特に巻七に歌の欠落を共有する部分があります。たとえば以下のような歌々です。

一一六四（廣瀬本・紀州本・春日本欠落）

一二〇五（紀州本、春日本欠落、廣瀬本はあり）

一四〇三（廣瀬本・紀州本欠落。ただし、廣瀬本は、巻末に補記あり）

これらの歌の欠落は、非仙覚本系統の平仮名訓本や仙覚校訂本には見られませんので、この系統特有の特徴だと考えられます。校訂の底本に用いている本に、他本には見られない歌の欠落があることは、校訂を行う者としては心穏やかならざるところがあったと推測されます。

さらにもう一つ、片仮名訓本系統には、歌本文、訓の誤りが数多く見出されます。これらは、とくに廣瀬本と春日本とに見られるのですが、巻八では紀州本との誤りの共有も見られ、やはり系統全体の特徴と言って良いかと思います。すると、仙覚が『万葉集』校訂を命じられ、与えられた底本の親行本は、明らかな誤りである「短歌」「反歌」の表示を持ち、歌の脱落、多くの誤字を持つ本であったと考えられます（廣瀬本の誤字については、第九章参照）。

『万葉集』の校訂本を作ると言うことは、様々な異文を持つ諸本を見比べて、本来存した『万葉集』の姿を復元することです。その際、まず、根幹となる底本を定めて、それを軸として校訂を行ってゆきます。この方法は、底本が最も信頼できる本で、比校する諸本はその補いであるということが前提となります。優れた『万葉集』の校訂本を作りたいという仙覚の立場からすると、もし、底本が右のような本であったらどのように思うでしょうか。底本としてはふさわしくないと考えても不思議はありません。

ところが、仙覚の校訂事業は、親行の事業の継続として命じられたものだったのです。底本も対校本三本も親行から受け継いだものだったわけです。おそらくこの底本、対校本の枠組みは、拒絶できないものであったと想像されます。仙覚は、使わなくてはならない底本が自分の価値基準に合わない本であったというジレンマに陥っていたと考えられます。

諸本の紹介の中で、「短歌」「反歌」の使用について批判している時点で、すでに仙覚には、底本の親行本を正面から取り挙げる気はなかったと考えられます。実際、「短歌」等と使用する本の名前については一切触れていません。諸本の紹介では、比較的詳細に諸本の名を挙げて特徴を述べているにもかかわらず、ここでは一切触れていないのです。

それらの特徴に比べると、親行本の傍訓形式は優れた特徴と言えます。しかし、一旦親行本の傍訓形式の存在を認めたら、その他の特徴についても言及する必要が出てくるでしょう。そのため、親行本の特徴の一切合切について言及することをやめたという事なのではないかと想像されます。

『万葉集』の訓を定めるために、付訓を傍訓にすることは、仙覚自身も認めているようにきわめて重要な要素です。それを、仙覚自身の選択であるかのように言いなす発言には大きな問題が残りますが、仙覚本奥書において、底本である親行本についてほぼ言及されない事情は、以上のようなものであったと考えられます。

このような事情は、片仮名訓本系統の存在が明らかにならなければ解明されることはなかったと言えます。そして、その片仮名訓本系統の存在は、廣瀬本の出現がなければとうてい析出されることはなかったと考えられます。

橋本進吉氏の先の論は、大正四年という『校本万葉集』刊行の準備段階において、得られる資料の範囲内で十分に考え抜かれた結論であったように思います。しかし、現在の段階では、橋本氏の推論も、仙覚自身の発言も乗り越え、仙覚の第一次校訂本（寛元本）の底本は、片仮名訓本系統の傍訓の本であったと考えて良いと思われます。

従来説での片仮名訓本

『校本万葉集』以来の学説では、忠兼本から親行本まで続く一連の系譜はすべて平仮名別提訓で、仙覚寛元本になってはじめて傍訓になったという認識でした。それは、ほぼ揺らぎのない説として長年信じられてきたわけです。それが、廣瀬本出現がきっかけで覆ったわけですが、このような考えは、廣瀬本出現の前にはとうてい行き着くことが出来ない説だったのでしょうか。

非仙覚本系統の本のうち、片仮名訓の本は、今まで述べ来たったように、廣瀬本以外にも、紀州本、元暦校本代赭書き入れ、春日本がありますが、その他にも古葉略類聚鈔などがあり、それぞれに分量的にも相応の量が残る本と言えます。非仙覚本系統の片仮名訓の本の存在は、廣瀬本出現以前であっても、気をつけて見なければ、まったく気がつかないようなものというわけではなかったと言えます。

しかも、第三章で述べたように、片仮名傍訓本の春日本は、仙覚が寛元本の校訂を始めた寛元四年より先に書写されていたことは、春日本が発見報告された当初から知られていた事実です。したがって、仙覚校訂本より前に非仙覚本系統の片仮名傍訓の本があったことは周知の事実だったわけです。ならば、平仮名別提訓の本を片仮名傍訓に作り替えた仙覚寛元本とは無関係に、非仙覚本系統の片仮名傍訓本が存していたということになってしまいます。これは、考えてみればずいぶん奇妙なことです。

我々の目が曇っていたとしか言い様がありません。どうして目が曇らされていたかと言えば、何よりも、仙覚自身が、傍訓形式は自らの考案で行ったものだという発言があったからです。正直に告白すれば、この仙覚の発言が、様々な面で最大の障害でした。この一連の考察を行っているごく早い時期に、筆者は、紀州本の巻十に光行本の奥書があることに気がついていて、紀州本こそ光行本ではないかという見通しを持っていました。

しかし、その点には、『校本万葉集』もすでに気がついており、あまつさえ、紀州本が元暦校本代赭書き入れ（これも片仮名訓本系統です）とよく似ているという指摘も行いながら、光行本の底本の忠兼本が平仮名別提訓であることなどを根拠に、

神田本（筆者注　神田本は、当時の紀州本の呼称）と忠兼本とはかなりに距離があるといはねばならぬ。

と述べています。本稿筆者も、仙覚の発言やそれに基づく右のような記述に縛られ、紀州本

＝光行本という結論を論文化出来たのは、仙覚本奥書の矛盾を明らかに出来た、一連の論の最終段階においてでした。

第八章　片仮名訓本系統の性格

片仮名訓本系統の祖本

以上のように、仙覚寛元本の底本は、片仮名訓本系統の傍訓の本だったわけですが、話題の中心である廣瀬本も、親行本の姿を反映していると考えられる紀州本も、同じ片仮名訓本系統の本ということになります。

前者は別提訓、後者は傍訓と付訓形式は異なるのですが、長歌訓の分布などは同じですから、二つの本は同じ祖本から枝分かれした本であると確認されます。その他、元暦校本代緒書き入れや古葉略類聚鈔、春日本なども同じ系統の本と考えられます。それでは、それらの共通の祖本とは何かと言えば、これまでの考察からは、廣瀬本のような本がそうであるという結論に達します。しかし、この章では、片仮名訓本系統全体でどのような性格であるかを考えて行きたいと思います。

これまで、片仮名訓本系統というグループが存在することについて、もっぱら長歌訓の分布を頼りに論じてきました。片仮名訓本系統の最大の特徴が長歌に訓を持つ点だからです。一方、同じ非仙覚本系統でも、平仮名訓の本では基本的に長歌に訓が見られません。

このことを『万葉集』の訓点史から考えると、『万葉集』の長歌の訓は、片仮名訓本系統になって初めて本格的に付訓されたということになります。実際、二七頁の「長歌訓一覧」をもう一度ご覧いただくと、平仮名訓本で訓のある長歌は一五首（のべ一九首）、一方、片仮名訓本系統で訓がある長歌は、たとえば廣瀬本一本だけでも一五〇首と圧倒的に差がありま す。もっとも、平仮名訓本は、現在残っている巻が少ないので、この比較はやや不公平かもしれません。しかし、残っている長歌と訓のある長歌の比率で言っても、平仮名訓本がのべで約四パーセント、片仮名訓本は、廣瀬本で五七パーセントと圧倒的に差があります。

『万葉集』に初めて訓が付されたのは、平安期の村上朝の古点です。このとき、主として短歌に訓が付されたと考えられます。これは、当時の人々が、自分たちが日頃詠む短歌の参考のために『万葉集』の歌を欲したためと考えられます（平安時代の『万葉集』伝本の訓の性格については、小川靖彦『萬葉学史の研究』（平成一九年）に詳しい言及があります）。

一方、長歌に訓を付すことは、詠歌の参考のためと言うよりは、純粋に『万葉集』の歌々を読みたいという、いわば研究心からの行為と言えます。短歌の訓と長歌の訓とでは、基本的に性格が異なるのです。そうしてみると、片仮名訓本系統で、これまでとは飛躍的に長歌訓が増えることは、片仮名訓本系統の時点で、『万葉集』の付訓についての考え方が変わってきたことを意味すると言えましょう。

『万葉集』の歌本文に訓を付すことは、難しいことではありますが、短歌について言えば、五／七／五／七／七という音数律に随って読めば良いので、ある程度めどが立ちやすいと考えられますが、四〇句、五〇句と続く長歌を読むことには多大な労苦が伴います（『万葉集』中一番長い長歌は、巻二の柿本人麻呂の高市皇子挽歌（一九九）で、一四九句あります）。あらたにその長歌に訓を付そうとすることは、大きな価値観の変化だと言えます。片仮名訓本系統は、その大きな変改を行った本なのです。

片仮名訓本系統の本を底本とした仙覚校訂本は、先に述べましたように、『万葉集』の全ての歌に訓を付した史上初めての本です。仙覚が、初めて訓を付した新点は、一五二首。先にもお話ししましたが、そのうち短歌はわずか三九首。旋頭歌が二首、そして、長歌が一一一首なのです。ようするに仙覚新点の内実は、ほぼ長歌への付訓だったのです。

仙覚が、『万葉集』の全歌に訓を付そうと考えたとき、最も大きな障害は長歌であることは、当然判っていたと思います。しかし、『万葉集』の長歌は二六四首。つまり、底本の親行本を前にした仙覚の前には、半分以上の長歌に訓が付されていたということになります。残された長歌に訓を付すことも、もちろん大変な作業でしょうが、長歌に訓を付すという価値観の変改、半数以上の長歌に訓を付すことは、すでに片仮名訓本系統の段階でなされていたわけです。仙覚にとって、これは、『万葉集』の全歌を読み切るための強力な助けになっていたことは間違いないと思います。

次点

仙覚校訂本の大きな特徴に、歌ごとに、古点・次点・新点という区別を付けていることが挙げられます。改めて説明すれば、

古点　平安期村上朝に源順などによって付された初めての訓
次点　古点以降仙覚校訂時までに付された訓
新点　仙覚校訂時に諸本に訓がない歌に対して、仙覚が新たに付した訓

ということになります。この中で、次点の歌を特定した点は大きな意味があります。『万葉集』の訓点史において、村上朝の古点以降に、様々な人々が新たに訓を付したこと自体はよく知られていますが、具体的にどの歌が次点であるかを指摘したのは、仙覚校訂本だけなのです。古点以降に新たに訓が付されたという事実を指摘することと、具体的にどれが次点歌

なのかを指摘することとには大きな隔たりがあります。

従来、次点を論ずる時に、これらはまるで一連のことのように述べられていましたが、本来は仙覚校訂本の時点とそれまでとでは大きな断層があると認識しなければなりません。『万葉集』の個々の歌々が、どの時点で読まれてきたかを知る上で、仙覚校訂本の次点表示は大変貴重な資料なのです。ところが、この古次新点の区別は、実は片仮名訓本系統に大きく依存しているのです。それを知るためには、まず、次点とはどのようなものかを知る必要があります。

次点は、古点より後に付された訓ですが、村上天皇が命じて一斉に付された古点とはまったく性格が異なります。古点より後、『万葉集』を閲覧、あるいは書写する人々が、訓のない歌々について、それぞれの立場から新たな訓を付したのが次点です。すると、次点は、理論上、『万葉集』が閲覧、書写される現場のどこでも生まれうるものなのです。

たとえば、Aという『万葉集』を、三人の人が写して、それぞれB、C、Dという本が出来たとしましょう。その三種の『万葉集』で、三人がそれぞれ別な歌一首ずつb、c、dに新たに付訓したとすると、そのb、c、dという三首の次点歌を見出すためには、B、C、Dの三種の『万葉集』を隅から隅まで探さなければならないことになります。ことほどさように次点歌の探索は困難を極めると想像されます。

このことを考慮に入れて、仙覚が次点歌を探し出す過程を想定すると、校訂の際に参照した伝本で、まず、個々の本でどの本のどの歌に訓があるかを克明に調べなくてはならないことになります。つまり、諸本全体の訓のある歌の総量と個々の付訓歌の分布とを把握しなければならないと考えられます。

しかし、かならずしも仙覚はそのような作業を行わなかったと考えられます。なぜならば、底本の片仮名訓本系統の本は、仙覚が参照した諸本の中で最も訓が多く、かつ、諸本の訓をカバーした本だったからです。仙覚は、底本さえ見ておけば、諸本の付訓状況は把握できていたと考えられるのです。

仙覚が使った伝本は、底本をはじめ対校本も一つも残っていません。なのに、どうしてそのような見てきたようなことが言えるのか。読者の方々は唖然としているかもしれません。しかし、証拠があります。第三章でお話した通り、仙覚の新点歌―諸本に訓がなく、新たに訓を付した歌を意味しますが―は、底本の片仮名訓本系統で、ちょうど訓がない歌と合致していたのです。つまり、諸本で訓がないと仙覚が認識した歌は、底本の片仮名訓本系統で訓がない歌と同じだったのです。

片仮名訓本系統の次点歌収集

では、片仮名訓本系統では、どうしてそれ以前の伝本の訓をカバーしているのでしょうか。長歌の訓を例にとって、考えてみましょう。

先の長歌訓一覧をもう一度ご覧ください（一二七頁）。平仮名訓本は、基本的に長歌に訓がないというお話をしましたが、じつはわずかですが、平仮名訓本にも長歌に訓があります。平仮名訓本に長歌訓があるのは、巻二、三、四、八、九、十、十三、十五の八巻です。これは、いずれも片仮名訓本系統に訓がある巻なのです。問題は、巻十三です。平仮名訓本の内、類聚古集は、三二二五に訓があります。しかし、巻十三は、片仮名訓本系統にも基本的に長歌訓がない巻なのです。ところが、三二二五は、片仮名訓本系統の廣瀬本にも巻十三の長歌で唯一訓がある歌にあたります。つまり、平仮名訓本で長歌訓がある長歌は、すべて片仮名訓本系統で訓がある歌と重なるのです。

平仮名訓本に長歌訓がある歌は、一五首、一九例（複数の平仮名訓本で訓がある事例があるため）。そのすべては片仮名訓本系統に訓があるのです。片仮名訓本系統にはたくさんの長歌に訓があるのだから、それは当たり前と考えてしまいそうですが、それは違います。たとえば、廣瀬本で長歌に訓がある例は、二六一首中一五〇首、五七パーセントです。約六割。その六割の中に平仮名訓本の長歌訓がことごとく含まれるのは偶然とは考えられません。しかも、希少な平仮名訓本の長歌訓と片仮名訓本系統の訓とは、大変似ているのです。

次に掲げるのは、平仮名訓本で長歌訓のある事例、巻八、一五〇七の歌本文と諸本の訓です。当面の事例では、平仮名訓本の類聚古集（「類」）、片仮名訓本系統の紀州本（「紀」）、廣瀬本（「広」）と参考のために仙覚校訂本の西本願寺本（「西」）を挙げています。また、歌本文の上の括弧内の数字は、その長歌の第何句かを示しています。

	(22) 志許霍公鳥	(23) 暁之	(24) 裏悲尓
類	しるしはかりにほとときす	あかつきかけて	こひしさに
紀	シルシハカリニホトトキス	アカツキコメテ	カナシキニ
広	シルシハカリニホトトキス	アカツキコメテ	コヒシキニ
西	シコホトトキス	アカツキノ	ウラカナシキニ

	(25) 雖追雖追	(26) 尚来鳴而	(27) 徒	(28) 地尓令散者
類	おもと、、、	なをきなきつつ	（訓無し）	つちにちりなは
紀	ヲモトヲモヘトモ	キナキツツ	（訓無し）	ツチニチリナハ
広	オヘトモオヘトモ	キナキツツ	（訓無し）	ツチニチリナハ
西	ヲヘトヲヘト	ナヲモキナキテ	イタツラニ	ツチニチラセハ

（巻八、一五〇七）

第二二句の「志許霍公鳥」に対して、類聚古集は「しるしばかりにほととぎす」と訓じています（仙覚校訂本の訓は「シコホトトギス」）。ところが、紀州本、廣瀬本の片仮名訓本系統でも同じ訓なのです。「志許霍公鳥」という歌本文を別個に読んで、双方がこのような訓になる可能性はきわめて低いと言わざるを得ません。片仮名訓本系統諸本の訓は、類聚古集のような訓を参考にしたとしか考えられません。

第二四句の「裏悲尓」についても、類聚古集が、歌本文の「裏」を直接読まず、「こひしさに」（仙覚校訂本は「ウラカナシキニ」）と読んでいる点、第二八句で「地尓令散者」の「令」とあるところ、「つちにちりなば」（仙覚校訂本「ツチニチラセハ」）と読んでいる点も、片仮名訓本系統諸本とよく合致しています。

また、第二七句「徒」について無訓（仙覚校訂本「イタツラニ」）という点まで合致してます。このように見て行くと、片仮名訓本系統の訓は、類聚古集の様な訓を参考に付されていると考えざるを得ません。

次の歌は、巻九の一七四七の例です。この歌には、平仮名訓本の藍紙本（「藍」）、伝壬生隆祐筆本（「壬」）の二本に訓があります。

	(11) 最末枝者	(12) 落過去祁利	(13) 下枝尓	(14) 遺有花者
藍	いとすゑのえたは	おちすきさりにけり	しつえに	のこるはなたにも
壬	いとすゑのえたは	おちすきさりにけり	しつえに	のこるはなたにも
紀	イトスエノエタハ	オチスキサリニケリ	シツエニ	ノコルハナタニモ
広	イツサヘノエタハ	チリスキサリケリ	シツエニ	コルハナタニモ
西	ホツエハ	チリスキニケリ	シツエニ	ノコレルハナハ

（巻九、一七四七）

第一一句の「最末枝者」（仙覚校訂本「ホツエハ」）を「いとすゑのえたは」とする点、第一四句「遺有花者」を「のこるはなだにも」と読む点など、やはり平仮名訓本の長歌訓と片仮名訓本系統の長歌訓はよく似ており、片仮名訓本系統の訓は、平仮名訓本の訓を踏襲した結果と考えられます。ここで注意したいのは、前の一五〇七は、訓がある平仮名訓本は類聚古集、後の一七四七は、藍紙本、伝壬生隆祐筆本と異なっており、あまつさえ、後者は、類聚古集には所載されていますが、訓のない例なのです。

少なくとも、今に残る平仮名訓本では、平仮名訓本全体が持つ長歌訓を一本で備えている本はなく、付訓の分布は諸本でまちまちなのです。一方、片仮名訓本系統諸本の長歌訓は、ほぼ平仮名訓本諸本と訓が合致します。

この現象を最も合理的に説明するには、平仮名訓本でまちまちに存していた長歌訓が、片仮名訓本系統の祖本の段階では統合されていると考えざるをえないのではないでしょうか。その結果、片仮名訓本系統は、平仮名訓本諸本に存する次点歌をすべて有することになったと考えられます。つまり、片仮名訓本系統の祖本は、平仮名訓本諸本の次点歌を収集していたと考えられるわけです。

はじめにもお話ししましたが、諸本に拡散した次点歌のありかを探し出すのは至難の業です。片仮名訓本系統の祖本が、どのようにしてそんなことが出来たのかは未だ不明ですが、片仮名訓本系統は、平仮名訓本と比較しても、平仮名訓本で訓のある歌はほぼカヴァーしています。つまり、片仮名訓本系統は、それより前の伝本の訓を（事実上は次点歌を）収集していたと考えられるのです。
次点歌においても、片仮名訓本系統において、仙覚校訂本で行おうとしていたことの準備を周到に行っているように見えます。

傍訓形式

仙覚校訂本が底本の片仮名訓本系統に受け継がれている点は、まだいくつもあげられます。その最大の点が傍訓です。さきに、第七章で述べたように、傍訓形式は、底本の片仮名訓本系統の本を引き継いだものです。仙覚は、校訂本の奥書の中で、傍訓形式についていくつも利点を挙げています。例えば次の通りです。

二には、和漢相並び、見合《あは》すに煩《わづら》ひなし。和漢別なる時は、短歌猶以て煩ひあり。何ぞ況んや長歌に於てをや。（西本願寺本巻二十奥書）

と、歌本文と訓との呼応を検証するのに、傍訓形式が優れていることを力説しています。ただ、残念ながら、この方式は仙覚の発案ではなかったのです。しかし、仙覚は、この方式の優れた点については十二分に認識していたと言えます。仙覚の付訓の優秀さは、この方式に支えられた点が大きいと考えられます。

このように、片仮名訓本系統は、『万葉集』の研究史に燦然と輝く一大事業仙覚校訂本の先駆けを為す重要な伝本であったことが知られます。その初発に位置づけられるのが廣瀬本です。廣瀬本が本来藤原定家の書写本であるならば、このような片仮名訓本系統の本の特徴と書写者定家との関係はどう考えればいいのでしょうか。この点については、第十章で言及したいと思います。

第九章　江戸時代後期の写本

天明元年書写

右のように、廣瀬本『万葉集』は、非仙覚本系統から仙覚校訂本にいたる『万葉集』の伝来の認識を一新するほどの重要な伝本であることをわかっていただけたと思います。しかし、ここまで、あえて述べてこなかったのですが、実は、廣瀬本は、古典作品の伝本としては、大きな問題を持つ本なのです。それは、この本がきわめて書写の新しい本である点です。

図33は、廣瀬本の奥書です。前五行は藤原定家の奥書、最終行が春日昌預《まさやす》による廣瀬本の書写奥書です。天明元年は、一七八一年。廣瀬本は、江戸も後期の書写ということになります。一般に、古典作品の伝本は、書写が古く、その作品の成立年代に近いものがよりよいものと考えられています。

『万葉集』の現存最古の写本は、平安時代中期書写の桂本ですし、『古今和歌集』の現存最古写本は、やはり平安中期書写の高野切などが知られています。古典作品の中で書写の新しいものとしては、底本となる本が江戸初期書写本である『竹取物語』がよく知られていますが、これは極端な例ですし、しかも、同じ江戸時代と言っても、廣瀬本の天明元年書写は、群を抜いて書写が新しい伝本と言えます。

廣瀬本が書写された一七八一年は、『万葉集』が成立した八世紀末から数えると実に千年を経過した時期ですし、廣瀬本の基となった藤原定家本が書写された一二一五年からでさえ、五六六年も隔たっています。天明元年から現在までが二三九年ですから、廣瀬本書写の時点は、定家の時代より遥かに現代に近いということになります（次頁の年表を参照ください。）。

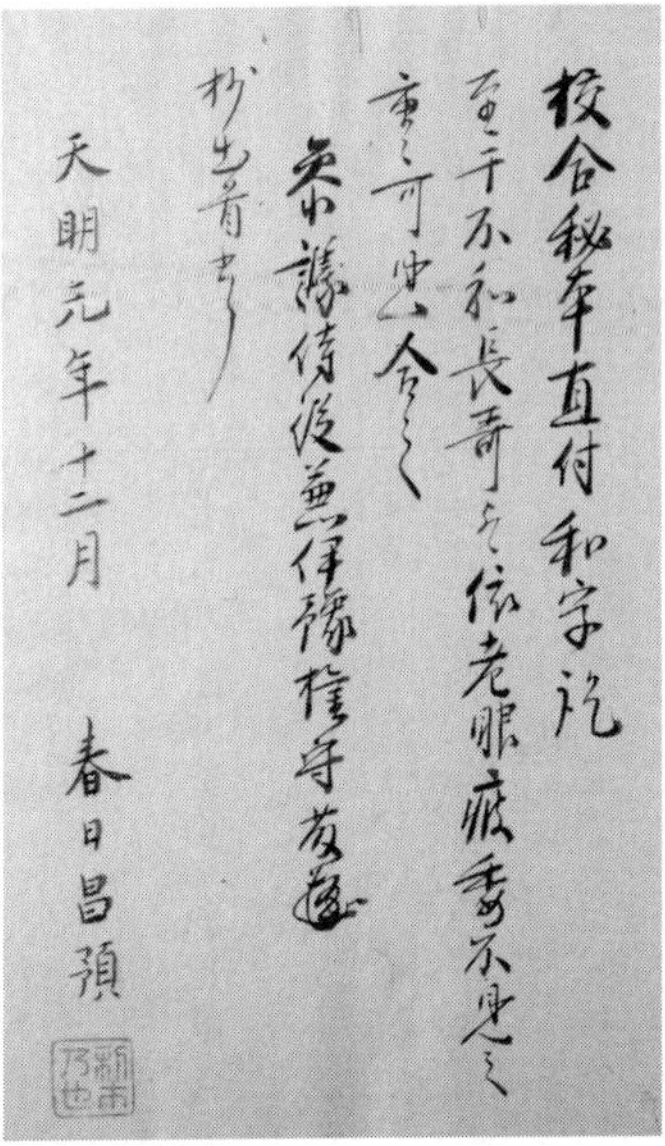

図33　廣瀬本（関西大学蔵）

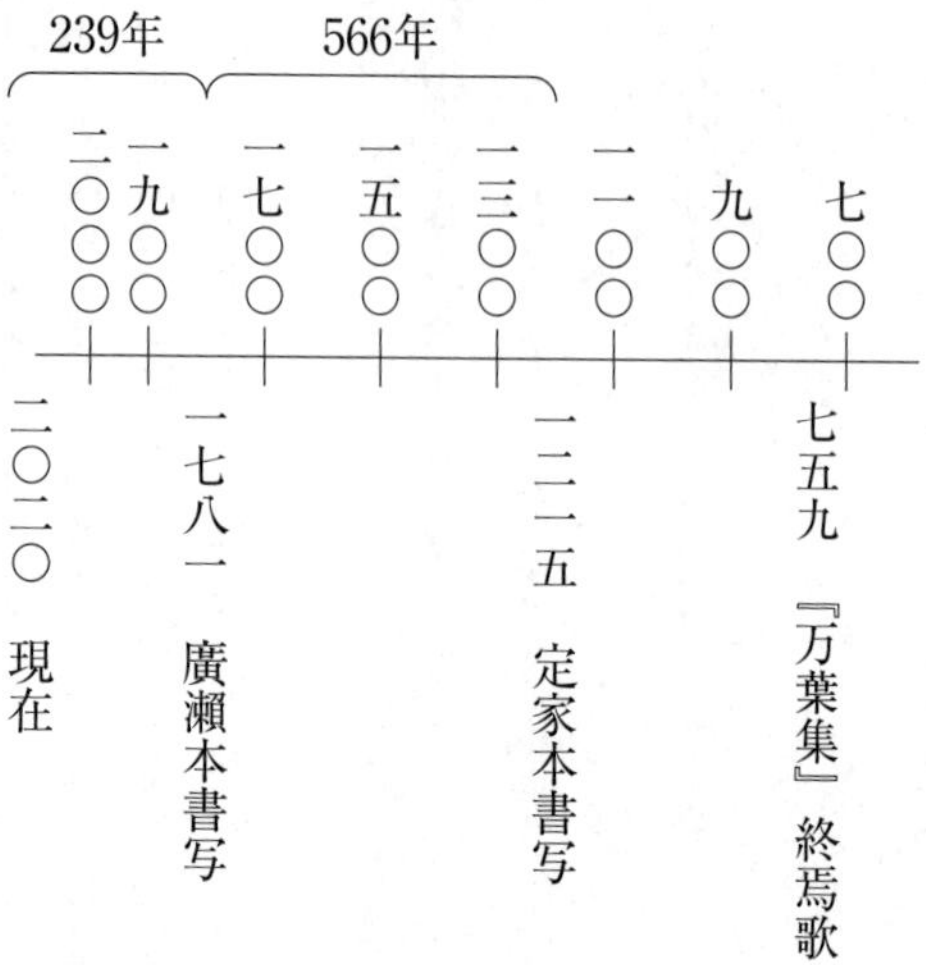
239年
566年
二〇〇〇
一九〇〇
一七〇〇
一五〇〇
一三〇〇
一一〇〇
九〇〇
七〇〇
二〇二〇　現在
一七八一　廣瀬本書写
一二二五　定家本書写
七五九　『万葉集』終焉歌

書写が新しいと何が問題なのか。まず、伝来の途上で、何度も転写が繰り返されることにより、誤写などで本文が劣化する可能性が高い点が挙げられます。人の手で写される写本は、写されるたびにもとの本文が変化してゆくことが危惧されるわけです。

もう一つ、とくに江戸時代の写本で危惧されるのは、書写者による変改です。江戸時代には、「国学」という、日本古代を研究する学問が流行し、『万葉集』を書写するような人たちには、かなりの『万葉集』の知識があったと考えられます。そのような人たちは、伝本を書写するに際して、自分の知識に基づき、本の内容を変えてしまう可能性が高いのです。廣瀬本などは、そのような誤写や変改にさらされる可能性が高い本と考えられるのです。

しかし、廣瀬本は、そのような一般的な見方が通じない特殊な本のようなのです。廣瀬本は、少なくとも、定家書写の時期の様相をよくとどめた本と言うことが出来そうです。以下にその証拠を挙げてゆきます。

由緒ある誤写

廣瀬本登場とともに公表された「廣瀬本万葉集解説」では、廣瀬本がきわめて誤写の多い本であるとの指摘が為されています。実際、廣瀬本は、巻によっては一見して誤写の多い本であることは明白です。ところが、この写本としては大きな欠陥となるはずの誤写が、廣瀬本の古態をとどめることを証明する何よりの証拠となるのです。

図34は、廣瀬本巻七の一部です。

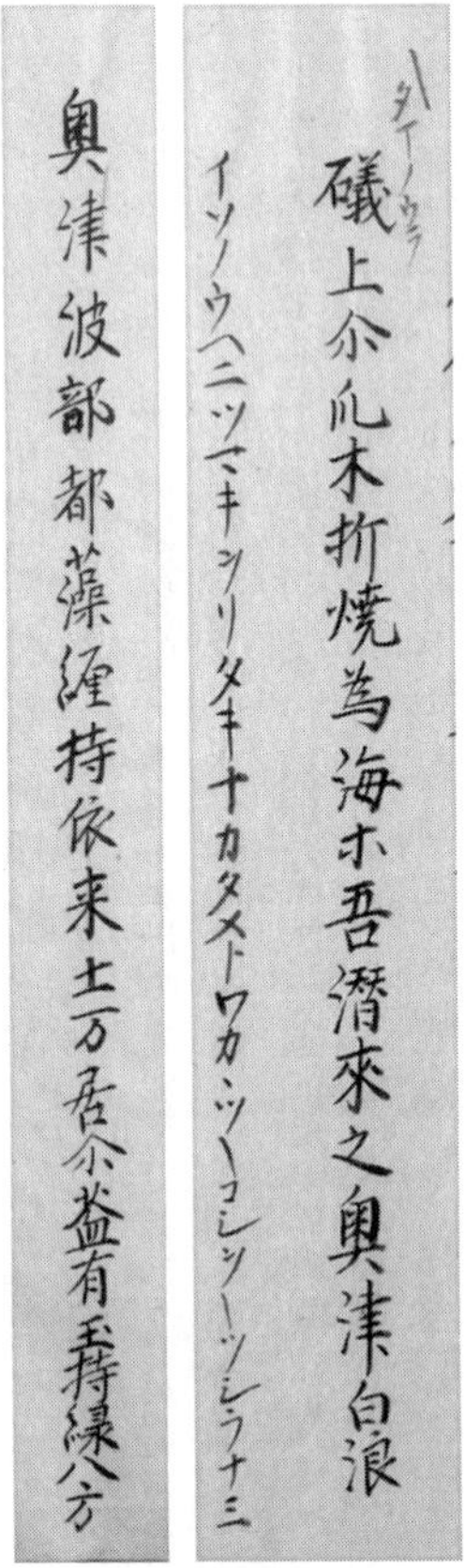

図34　廣瀬本
（関西大学蔵）

右の画像が一二〇三の歌本文と訓、左が一二〇六の歌本文のみの画像です。まず、一二〇三の結句は歌本文が「奥津白浪」、訓が「ヲキツシラナミ」になっていますが、その上の句は「我が潜き来し」（私が潜って取ってきた）という句ですので、諸本のように「奥津白玉」（ヲキツシラタマ）、つまり、沖の真珠玉とあるべきところです。ところが、廣瀬本では、歌本文、訓ともに間違っているのです。

左は、「纏持」の下が、「依来土万居」となっていますが、諸本は「依来十方」となっており、これで「ヨセクトモ」と読むのは一般的です。「方」は「四方」を「よも」と読むように、「十方」を「とも」と読んでいるのです。廣瀬本の歌本文は、「十」と下の「方」の第一画とが一緒になって「土」となり、次の「君」を「居」に見誤った誤写と判断されます。しかし、右の誤りが廣瀬本だけなら、単に廣瀬本の誤写ということになります。

しかし、これとほとんど同じ誤りが春日本にもあるのです。すると、全く事情が異なってきます。春日本の画像は図35の通りです。

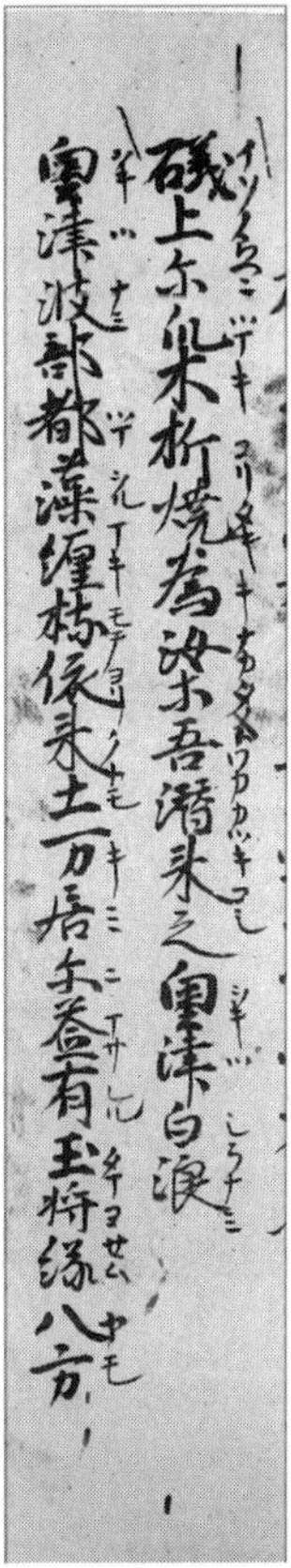

図35　（複製本『春日本万葉集残簡』昭和五年より）

春日本は、このあたりの歌の並びが他本と少し異なり、一二〇二、一二〇三、一二〇六、一二〇四（一二〇五は欠落）となっていますので、一二〇三と一二〇六が並んでいます。春日本でも、一二〇三は「奥津白浪」(ヲキツシラナミ)、一二〇六は「依来土万居」と同じ本文、訓になっています。

先にも述べましたが、廣瀬本は江戸時代の書写です。すると、そこに現れる誤りは、一般には江戸時代までのどの時代で生じた誤りかは、しかと把握できません。ところが、春日本の誤りは、少なくとも春日本が書写された時代以前の誤りということになります。春日本は、鎌倉時代の奈良の春日若宮社の神主中臣祐定《すけさだ》(祐茂)という人物が書写した『万葉集』です。春日若宮社とは、現在の春日大社の末社にあたります。『万葉集』の写本では珍しく書写された日時がはっきりわかる本で、寛元元年(一二四三)から寛元二年にかけて写されたことがわかっています。

その春日本と廣瀬本とで同じ誤りがあると言うことは、これが、廣瀬本において江戸時代などずっと後世に生じたものではなく、少なくとも春日本以前にはあった誤りであるということになります。つまり、この誤りは鎌倉時代以前の来歴を持つ〝由緒ある誤り〟というわけです。A、Bという二つの伝本で共通の本文を持つ場合、それが正しい(正しそうに見える)ものであると、場合によっては、B本は、A本から移入された結果正しい本文になっているということも考えられます。

しかし、共通の本文が、あきらかに誤っている場合、どちらかの本がどちらかをまねてその本文に訂正するということは考えにくく、考え得る方向性は一つだといえます。つまり、どちらかがどちらかの誤りを含んだ本文をそのまま写したということです（これは、双方が直接書写関係にあることを必ずしも意味しません）。すると、共通の誤りは、少なくとも書写が古い方の伝本以前に生じているということになります。「廣瀬本万葉集解説」の指摘通り、廣瀬本は誤写の数が多い本です。一方、春日本は、現在所々の断片しか残っていませんが、残っている部分においては、廣瀬本と誤りを共有する部分が数多く指摘できます。すると、廣瀬本と共通する誤りは、鎌倉時代以前のものと考えられるわけです。廣瀬本の基である藤原定家書写本は、鎌倉期の一二一五年に書写されたと考えられますので、これらの誤りは、ほぼ定家書写本の時代に溯るものと言ってよいかと思います。

さらに肝心なことは、廣瀬本のこれらの誤りが、天明元年の書写の時点まで継承されていると言うことです。廣瀬本に見られる誤りの多くは、明らかな誤りで、転写の段階で訂正されても不思議のないものが圧倒的です。一二〇三の「奥津白浪」などは、寛永版本を参照すれば、たちどころに訂正されそうな例ですし、「土万居」など、見るからにおかしな本文です。しかし、それらが訂正されることなく、温存されている点が廣瀬本の本としての質を語っていると考えられます。つまり、廣瀬本の数多くの誤りは、廣瀬本が、鎌倉期の定家書写本の姿をよく残していることを証する有力な証拠ということになります。

長歌訓

第二章で述べたとおり、廣瀬本は、全体の半数の長歌に訓があり、その分布は、同じ片仮名訓本系統の元暦校本代赭書き入れなどと合致します。長歌訓の分布の様相は複雑ですが、細かいところまで鎌倉期の元暦校本代赭書き入れなどと合致しています。これは、当然、廣瀬本が鎌倉期の片仮名訓本系統の特徴を保持していることを意味します。また、全体の半数に長歌訓があるということは、半数には訓がないことを意味します。たとえば、図36は、廣瀬本巻十三の一部（巻十三、三二三六～三二三九）です。

図36のA～Cのうち、A、Bは長歌ですが、一切訓がありません。廣瀬本が書写された江戸時代には、『万葉集』は、主として寛永版本など版本によって読まれていましたが、これらの版本は、仙覚校訂本を元に作られているので、全ての長歌に訓が付されています。

もし、廣瀬本に後世の手が入っているのなら、寛永版本などにより当然訓のない長歌にも

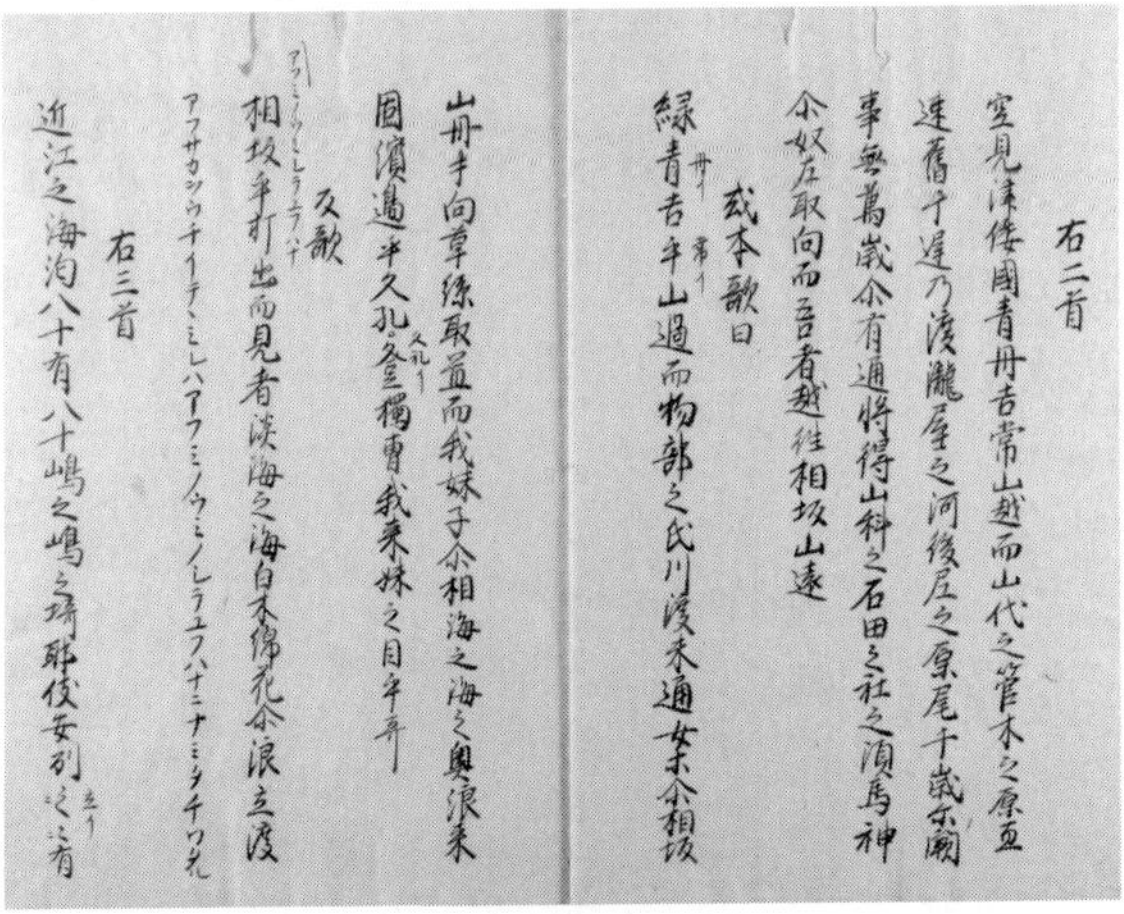

図36　廣瀬本（関西大学蔵）

訓が書き加えられるはずですが、そのような例は一例もありません。これも廣瀬本が鎌倉期の様相を反映している大きな証左といえるでしょう。

巻二十の題詞・巻二の長歌訓

そして、廣瀬本の古態が守られている何よりの証拠は、廣瀬本において、奇異と思われる部分がそのまま保存されていることです。

その一つが、巻二十の題詞が高い部分です。第六章で述べたように、廣瀬本は、本来「九十余首なき本」であったものに題詞の高い本で残りの九十余首を補った痕跡として、四四二三以降の題詞が歌よりも高くなっています。その際言及したように、題詞が歌よりも高いという現象は、我が国の和歌史の中でも『万葉集』に特有のもので、しかも平安期書写のごく一部の伝本にしか見られません。題詞が歌よりも高いという現象は、鎌倉期、室町期、江戸期という廣瀬本が伝来されてきた時代の人々にとって奇異といって過言ではないものであったと考えられます。しかも、その題詞が高くなっている部分は、巻二十の巻の途中から生じているのです。

もし、定家書写本が廣瀬本になる過程で、手が加えられているならば、真っ先にこの部分に手が加えられるはずです。ところが、廣瀬本は、この奇異な部分がそのままに伝存しているのです。廣瀬本巻二十の題詞の高くなっている部分を改めて掲げます（図37）。

DEFは、それぞれ四四七七、四四七八、四四七九〜八〇の題詞ですが、一般の和歌集や『万葉集』の版本を見慣れている人たちからすると、このような題詞が高い姿は異様であったと考えられます（江戸期に流布した『万葉集』の寛永版本は、題詞の高い仙覚大永本が底本ですが、題詞は歌よりも低く書かれています）。しかも、題詞が高い部分には訓もないのです。それらにもまったく手は加わっていません。

もう一つは、第五章で触れた巻二の長歌訓です。片仮名訓本であるはずの廣瀬本に平仮名

F　E　D

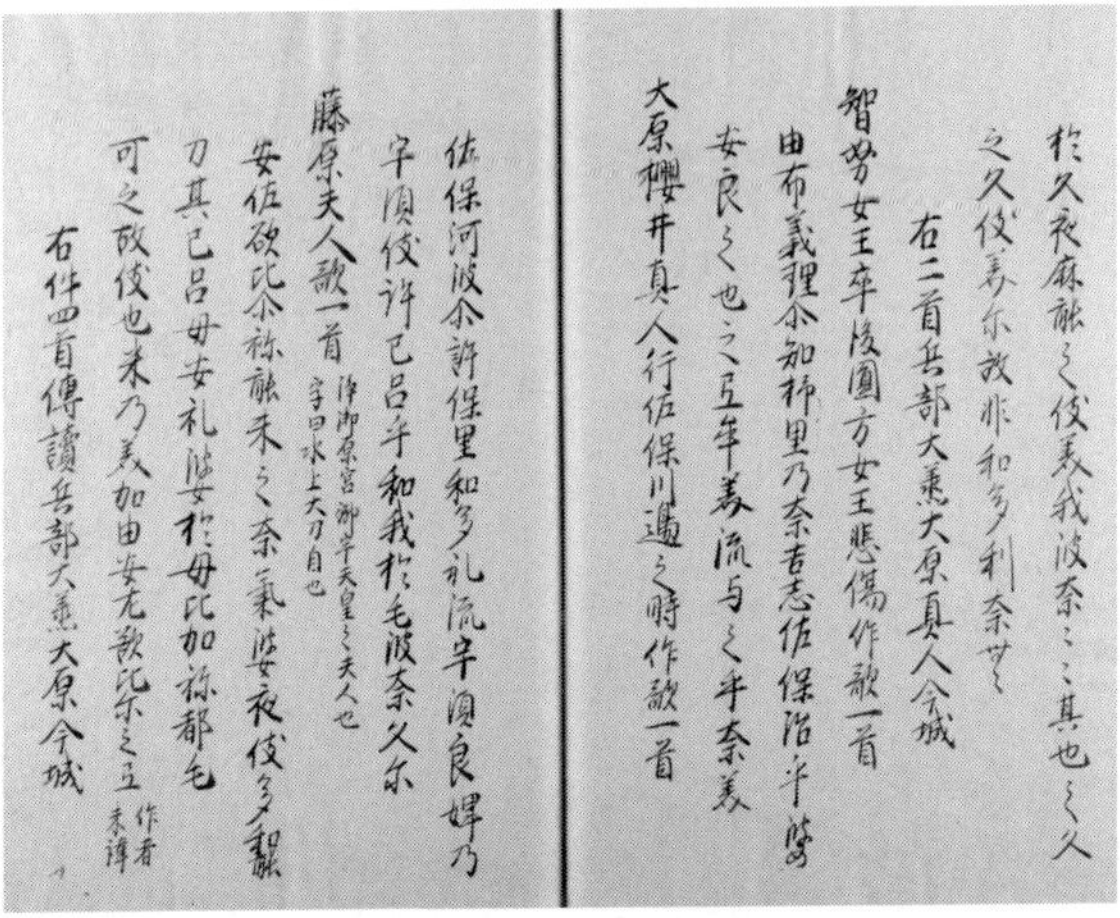

図37　廣瀬本（関西大学蔵）

訓の長歌が数多く見られること、しかも、それらは、平仮名訓から片仮名訓になったり、付訓の位置が途中で右から左へと変わったりしています。その折に説明しましたように、これらの巻二長歌訓にはそうなる必然性はあるのですが、現象としては奇異そのものです。

このような、いわば〝へんてこ〟な訓は、転写のどの段階でもまともな形に直されてしまいそうですが、廣瀬本に到るまで手がつけられずに保存されているのです。

このように、あまりにも奇異な現象がここかしこに見られる廣瀬本は、定家書写本、あるいはそれを遡る雲居寺書写本の姿を今に伝えるきわめて貴重な伝本と言うことが出来そうです。

第十章　定家本としての廣瀬本

定家本として喧伝される

さて、これまで縷々廣瀬本『万葉集』について述べてきましたが、述べるべきもっとも重要な点が抜け落ちています。本書冒頭の新聞記事の見出しは何だったでしょうか。

『万葉集』『幻の定家本』
全二十巻の写し発見

廣瀬本出現の最大のニュースバリューは、まずこれが定家本であったということだったのです。冒頭でも触れましたが、藤原定家は、古典作品の書写、校訂などでよく知られており、『古今和歌集』、『源氏物語』などは、定家本をテキストの底本に使わないものはないくらい重要な本と認識されています。

ところが、『万葉集』には、定家が書写した伝本がなかったのです。正確に言えば、冷泉本と言われる伝本群があり、それらは、定家本の流れを汲む本だと推測はされていましたが、

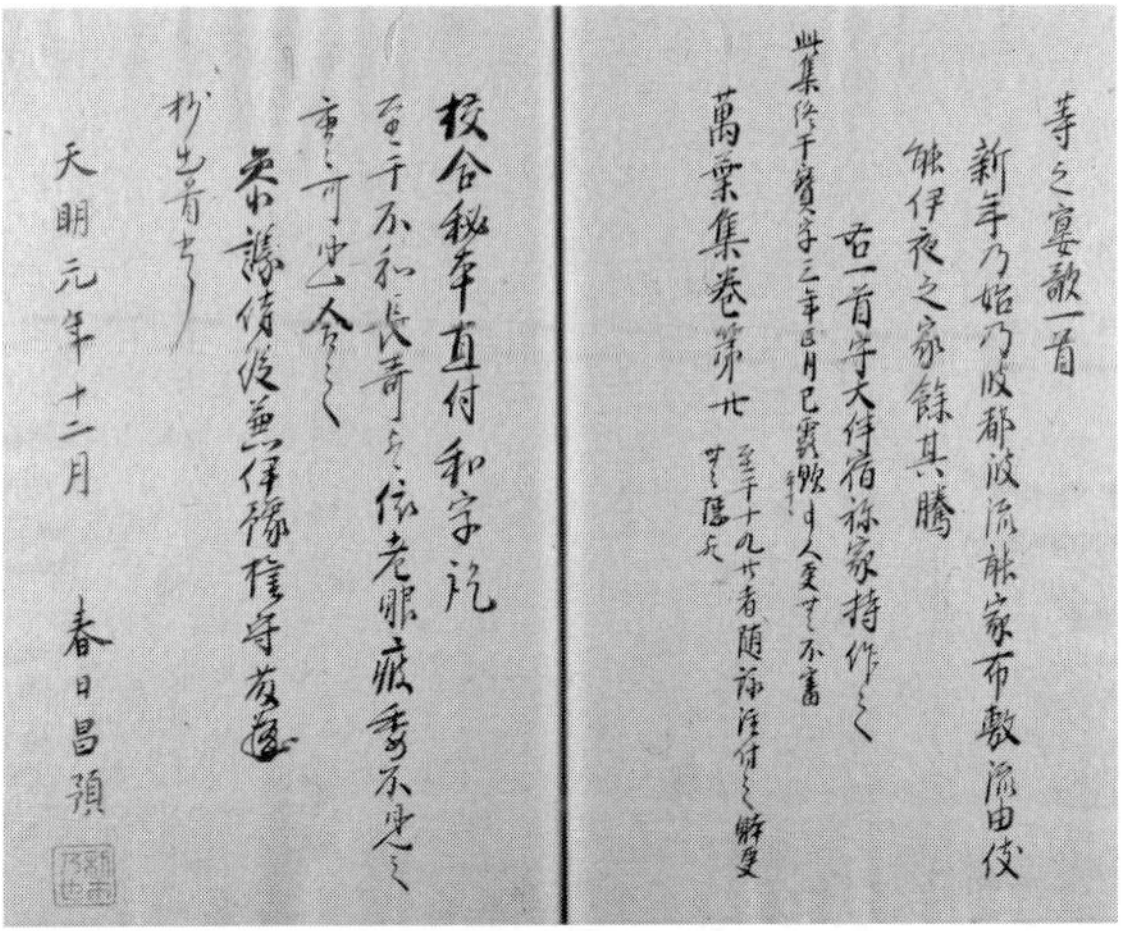

図38　廣瀬本（関西大学蔵）

確証は得られていなかったのです。じつは、これら冷泉本系統の諸本は、廣瀬本と同系統で、廣瀬本出現により、本当に定家本の系統であることが判明したのです。

廣瀬本が定家の書写を経た本であることは、『校本万葉集』新増補・追補所収の「廣瀬本万葉集解説」に詳細に述べられています。その内容をかいつまんで述べれば次の通りです。

まず、奥書。廣瀬本の春日昌預の奥書の前には、もう一段階前の奥書があります（図38）。いわゆる元奥書です。

左丁の第四行「参議侍従兼伊豫権守藤（花押）」は、先掲「廣瀬本万葉集解説」によれば、藤原氏で参議・侍従・伊予権守を兼任した人物は、藤原定家しかおらず、その時期も、建保三年（一二一五）正月から翌建保四年正月までであったことが指摘されています。これが、廣瀬本が定家書写本である何よりの証拠です。その左上には「抄出首書了」とあります。

抄出と定家流の歌書

この「抄出首書」というのは、歌句を抜き出して上部に掲げたものです。これも「廣瀬本万葉集解説」で詳しく述べられていますが、廣瀬本には、歌の肩にその歌の歌句が掲げられている事例が目立ちます。

例えば図39のようです。「三輪山乎」の歌本文の右肩に「／ミワヤマヲシカモカクスカ」とあるのがそうです（▼の部分）。このような注記が全巻で六〇〇箇所近く見られます。重要なのは、これらの注記が、『五代簡要』（定家作、「廣瀬本万葉集解説」では『万葉集部類倭歌抄』の名称を用いています）、『万葉集佳詞』（藤原為家作、為家は定家の息）などの定家の家（御子左家と称されます）の歌書の『万葉集』の抄出とほぼ一致しているのです。「廣瀬本万葉集解説」では、この廣瀬本の抄出と『五代簡要』などの抄出との対照表を掲げています。

廣瀬本全巻にこの抄出が見られることは、廣瀬本が、定家の書写奥書があることに加えて、定家と深く関わった伝本であることを証明する有力な証拠と言えます。

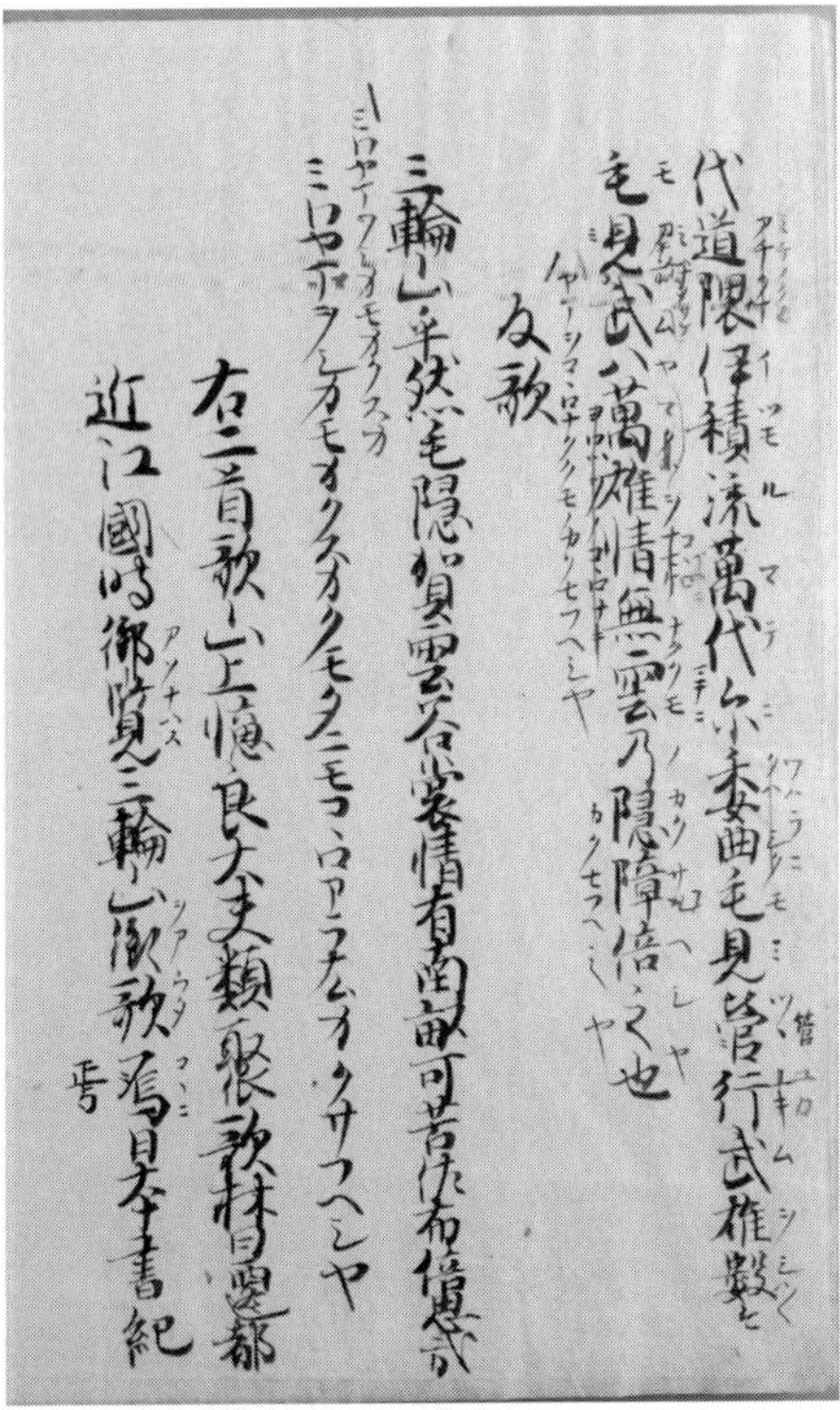

図39　廣瀬本（関西大学蔵）

「廣瀬本万葉集解説」の提示した疑問

このように、定家との関係は明白である廣瀬本ですが、それを指摘した「廣瀬本万葉集解説」は、廣瀬本の定家本としての性格を次のように述べています。

その定家卿本の性格について今一つ明らかでないのは、特にその訓が定家その人の万葉集研究の成果がかなりの程度盛り込まれているのか、あるいは単に定家が伝来の秘本を、その仮名遣いだけ自己流に改めて筆写したものか、という点である。何かと言えば、後者の可能性が大きいのでなかろうか。

そして、その証拠として、同じ定家の著作『万葉集長歌短歌説』（貞永元年、一二三二）における訓が、廣瀬本の訓とかならずしも一致しないことを挙げています。これは、廣瀬本の訓が、必ずしも定家が訓の妥当性を勘案した結果なのではなく、底本の訓をそのまま継承したものなのではないかという推測でした。同書のこのような提示は、定家本としての廣瀬本を考える際、大変参考になると言えます。

定家本として、テキストの底本に用いられている『古今和歌集』や『源氏物語』などは、あきらかに定家が校訂を行った校訂本です。しかし、「廣瀬本万葉集解説」が訓について推測しているように、廣瀬本は、基本的に底本の内容をそのまま踏襲して写しているだけなのではと思われるところが数多く見られます。

「短歌」という用語への疑問

片仮名訓本系統の本の系統的な特徴の一つとして、巻ごとの目録に歌数表示があり、そこに、長歌のことを「短歌」、短歌のことを「反歌」とあり、そのことを仙覚が痛烈に批判していることは、第七章で述べました。ところが、それより早く、定家が同じような批判を行っているのです。先に「廣瀬本万葉集解説」が取り上げた定家の著作『万葉集長歌短歌説』です。ここでは、第七章でも取り上げた廣瀬本巻十の目録にもある歌数表示を取り上げ、次のように述べています。

都唐《ママ》五百四十首之中　五百卅首反歌　二首短歌　四首旋頭歌
私　この「短歌」は古今集のごとく長歌なり。
この一巻の「短歌」は他の巻に似ず。疑ふらくは、これ後代の人の注するところか。

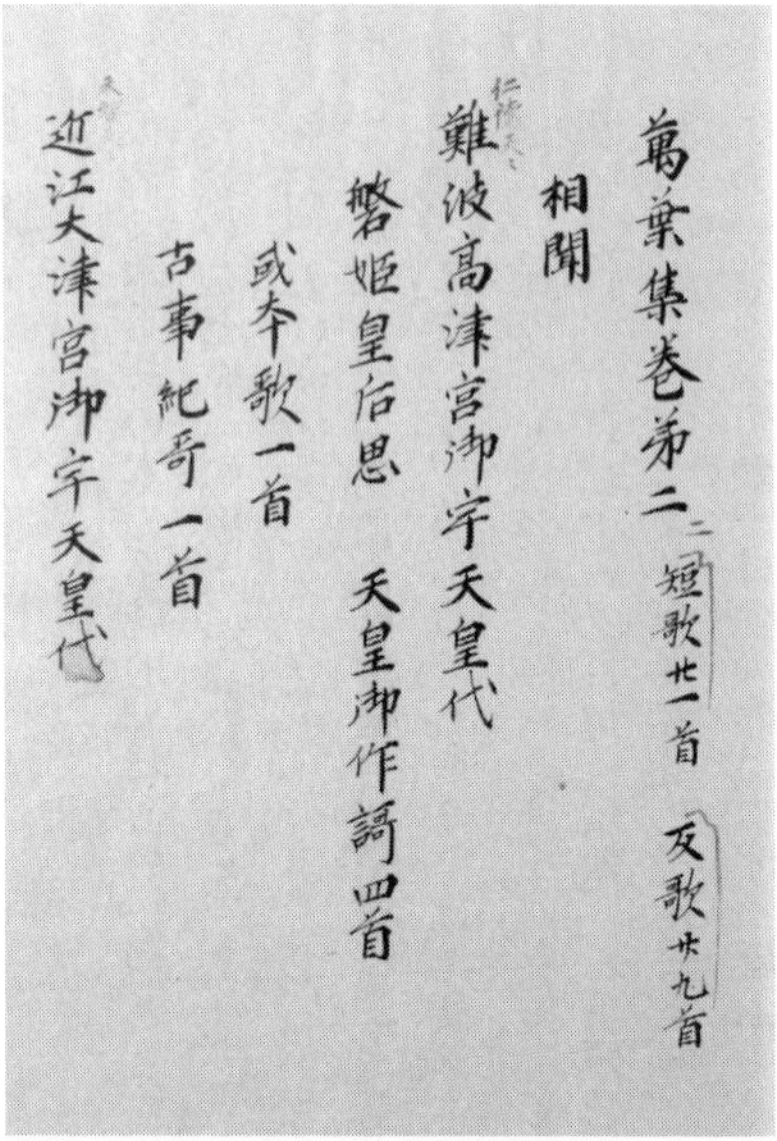

萬葉集巻第二　短歌廿一首　反歌廿九首
相聞
難波高津宮御宇天皇代
磐姫皇后思　天皇御作謌四首
或本歌一首
古事紀哥一首
近江大津宮御宇天皇代

図40　廣瀬本（関西大学蔵）

長歌について「短歌」と称することを、「後代の人の注するところか」としています。これは、長歌を「短歌」と呼ぶことは『万葉集』にはないという判断を元にした発言だと思われます。

ところが、廣瀬本では、当面の巻十だけではなく、巻二の目録にも同様の記載が見られるのです(図40)。第一行の「萬葉集巻第二」の下の「短歌廿一首　反歌廿九首」がそれです。同じように「短歌」という用語を非難した仙覚は、自らの校訂本でそれらの表示を排除しています。定家の場合でも、廣瀬本を校訂していたのなら、「短歌」の表示は消えていたのではないかと考えられます。

「九十余首なき本」

第六章で、廣瀬本には、巻二十に「九十余首なき本」に題詞の高い本で残りの九四首を補った痕跡があることを述べました。その痕跡は、結果として巻二十の途中から歌よりも低い題詞が高くなるという不揃いを生じています。しかも、廣瀬本は、「九十余首なき本」の境目以降は訓がなくなるという不揃いも見られます。

仮に定家が校訂の手を加えたとしたら、このような不揃いがそのままになっていたのかという疑問が生まれます。ところで、定家自身は、「九十余首なき本」について、どのように思っていたのでしょうか。図41は、先ほど見ていただいた廣瀬本巻二十巻末の尾題周辺です。

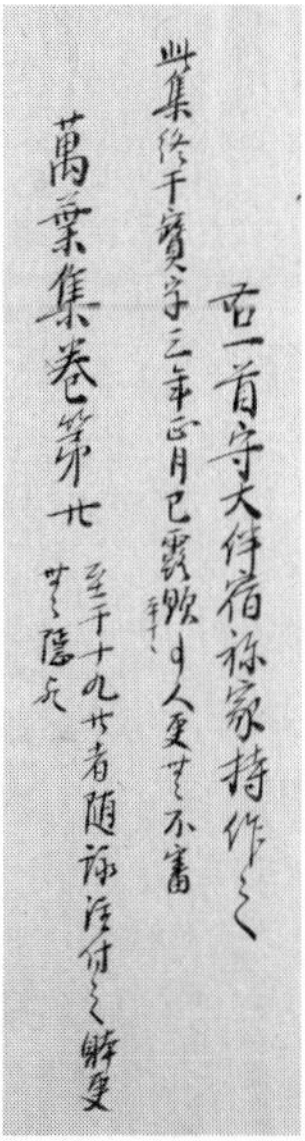

図41　廣瀬本
（関西大学蔵）

第一行の「右一首‥」が巻末歌四五一五の左注、最終行の「萬葉集巻第廿」が尾題です。それ以外は、定家の識語かと思われます。

この集、宝字三年正月に終はること、すでに露顕事にして人（又か）更に不審なし。巻十九廿に至るは、詠むに随ひて注付する躰更に隠れなきか

これは、『万葉集』が天平宝字三年の正月の家持歌で終わることには何の不審もない。巻十九、二十は、歌が詠出順に並べられていることも明白であると述べています。『万葉集』が、今のテキスト同様四五一五の家持の、

新しき年の始めの初春の今日降る雪のいや重け吉事

で集の終わりになっていることを是認した内容です。なぜ、わざわざこのような注記が付されるかと言えば、当然これより前に集が終わる本を意識したものと考えられます。それは、「九十余首なき本」に他なりません。武蔵国の防人歌の途中で終わる本ではなく、天平宝字三年正月の歌で終わる本こそ正しいという宣言です。

このように発言する定家が、「九十余首なき本」の痕跡をあからさまに残しておくことはあまりにも不自然です。題詞の高い部分は、定家以前に存した形を、定家が書写の際に手を付けずに置いたために残ったと考えられます。

なお、この定家の識語ですが、筆者がこの識語を初めて問題にした当時（平成七年）は、廣瀬本のこの位置にあるのだから、きっと定家のものだろうと推測していただけだったので

すが、後に寺島修一さんが、冷泉家時雨亭叢書の『五代簡要』（平成八年刊）の『万葉集』の歌の引用の最後に、定家の自筆で、

『万葉集』終于宝字三年正月也

とあることを見出し、他でもない『五代簡要』に類似の表現があるのだから、件の識語がたしかに定家のものに違いないと指摘してくださいました（「歌道家と『万葉集』の伝来―巻二十の末尾を欠く本をめぐって―」『王朝文学の本質と変容　韻文編』平成一三年）。

巻二長歌訓

廣瀬本の巻二の長歌訓もきわめて不揃いの躰をなしていました。訓が、一巻の内で平仮名だったり、片仮名だったりする例だけでも、廣瀬本の他にはまず見当たらないものですが、仮名の種類が歌の途中で変わったり、付訓の位置が、歌本文の右から左に変わったりすることは、『万葉集』の伝本でも廣瀬本にのみ見られる奇異な現象と言えます。

第五章で説明しましたように、このような奇異な様相について、その理由を説明することは可能です。しかし、一般的に伝本として見たとき、このような付訓の状況は、とうてい許

しがたき不揃いと映るのではないでしょうか。まして、定家が、校訂を行おうとして、廣瀬本のもとの本に臨んでいたとしたら、当然すべてが片仮名傍訓に書き揃えられたのではないかと考えられます。

誤字・欠落歌

廣瀬本には、誤字が多く、欠落歌も目立つ由、第八章で述べました。その折にも指摘しましたが、廣瀬本の誤りの多くが、見るからに誤っているものです。欠落歌も、片仮名訓本系統特有のものなのですから、他系統の本と比べていれば、訂正も可能だったと考えられるのですが、誤りを訂正したり、欠落歌を補ったりした形跡は見られません。

これらの多くの要素は、第八章で、廣瀬本が江戸時代の写本でありながら、鎌倉時代の写本の状況をよく保存しているという所で指摘したものばかりです。その時強調したことをもう一度述べれば、廣瀬本には、忠兼本を雲居寺で書写したときなどに生じた様々のひずみが生々しい形で残っています。それらは、江戸時代にまで変改されることなく温存されてきたわけですが、そのもっと前、鎌倉時代に藤原定家が、廣瀬本のもとの本を見出したときにも、当然同じような姿であったと考えられるわけですが、定家の書写を経た後も変改されることなく後世にまで引き継がれていったと言えると思います。

『土佐日記』の定家本と為家本

定家が、蓮華王院で紀貫之自筆の『土佐日記』の原本を見出した際、二種類の写本を作ったことは池田亀鑑《きかん》『古典の批判的処置に関する研究』（第一部　昭和一六年）によってよく知られています。

一つは、原本の文字遣いまで厳密に忠実に写し取った為家本（嘉禎二年、一二三六書写）。もう一つは、意味が通りにくいところは、自身の判断で変改を加えた定家本（文暦二年、一二三五書写）。定家の息である為家の書写について、池田氏は、定家の意思により行われたと推測しており、以降の学説もその推測を支持しています[11]。

ここから、定家は、『土佐日記』について、二通りの態度で臨んでいることがわかります。廣瀬本についてのこれまでの考察からすれば、廣瀬本の写され方は、『土佐日記』の場合に当てはめると、定家本ではなく、為家本に当たると考えられるのです。つまり、廣瀬本の元となった『万葉集』は、基本的には、定家が、ある『万葉集』写本を変改を加える事なく、写した本であると考えられるのです。

片仮名訓本系統と定家

とすれば、第八章で述べたような、廣瀬本に見られる片仮名訓本系統特有の特徴も、良きにつけ、悪しきにつけ、定家の手になるものではないと考えざるを得ません。たとえば、片仮名訓本系統が、平仮名訓本に存する次点歌を収集整理しているという功績も、直接定家とは関係がないということになります。その部分だけ定家が手を加えて、巻二の長歌訓の混乱や巻二十の題詞が高い部分などには手を付けなかったと言うことには整合性がないからです。片仮名訓本系統の本は、定家によって書写されたが、手を加えられることなく、定家を通り過ぎたということになります。

片仮名訓本系統の生成についても、定家が関わった可能性は低いと考えられます。

注

（1）廣瀬本万葉集は、『校本万葉集』別冊1〜3（平成六年）に全巻の画像が掲載されています。

（2）『万葉集』の題詞が高い特徴については、拙稿「廣瀬本万葉集の性格—巻二十の特異な傾向をめぐって—」（「文学」（季刊）第六巻第三号　平成七年七月）や小川靖彦『萬葉学史の研究』（とくに第一部第一章　平成一九年）に詳しく記されています。

（3）小島論文で言及された、元暦校本代緒書き入れの訓を考えるとき、片仮名訓本の元暦校本代緒書き入れが、片仮名訓本の紀州本よりも、平仮名訓本の類聚古集の方に訓が似ているという指摘は、非仙覚本系統の書本の関係を考える際、大きな障害になっていました。しかし、近年、古澤彩子「元暦校本代緒書き入れの研究」（和歌文学研究第一一七号　平成三〇年一二月）により、そのような混乱は見せかけだけで、片仮名訓本系統諸本の訓には明確な類似性が見られることが確認されています。

（4）山崎福之「「俊成本萬葉集」試論—俊成自筆『古来風体抄』の萬葉歌の位置—」（「美夫君志」第五三号　平成八年）・「「定家本萬葉集」攷—冷泉家本『五代簡要』書入と廣瀬本—」（西宮一民編『上代語と表記』平成一二年）等。

（5）『仙覚奏覧状』は、『仙覚全集』（万葉集叢書第八輯　昭和四七年　臨川書店）で見ることが出来ます。

（6）橋本進吉著作集第一二冊『伝記・典籍研究』（一九七二年）

（7）飛鳥井雅章筆本は、関東大震災（大正一二年）で焼失してしまいました。この本の画像も残っていません。したがって、本書における飛鳥井雅章筆本の引用は、すべて『校本万葉集』（首巻）に引用されたものに依っています。

（8）天治本の断簡で残っている例は、第一章で紹介した『古筆学大成』（巻十二）に収録されています。検天治本は、『校本万葉集』（首巻）で解説されており、『校本万葉集』新増補では、解説があり、校異も示されています。また、この本の全文翻刻は、安井絢子・古澤彩子・田中大士「検天治本万葉集翻刻」（「日本女子大学大学院文学研究科紀要」第二四号　平成二九年三月）に掲載されています。

（9）神宮文庫本の注記では「不決」とあります。しかし、この注記と一連のものである親行本（九二頁）、仙覚文永本の注記には「不快」とありますので、ここも「不快」として解釈しています。

（10）犬養廉『平安和歌と日記』平成一六年（初出昭和三四年）。

（11）藤本孝一「尊経閣文庫蔵『土左日記』（国宝）の書誌的研究」（京都文化博物館研究紀要「朱雀」第七集　平成六年一二月）・片桐洋一「『土左日記』定家筆本と為家筆本」（「国文学」（関西大学）第七七巻　平成一〇年三月）など。

拙稿論文一覧

第二章

「長歌訓から見た万葉集の系統─平仮名訓本と片仮名訓本」「和歌文学研究」第八九号　平成一六年一二

月

「万葉集片仮名訓本と仙覚が見た諸本」「高岡市万葉歴史館紀要」第一五号　平成一七年三月

第三章

「長歌訓から見た万葉集片仮名訓本―広瀬本万葉集を中心として―」「上代文学」第九三号　平成一六年一一月

「万葉集訓点史における片仮名訓本」「文学」（隔月刊）第八巻第五号　平成一九年九、一〇月

「万葉集片仮名訓本（非仙覚系）と仙覚校訂本」「上代文学」第一〇五号　平成二二年一一月

第四章

「万葉集忠兼本の系譜」「国語国文」第八四巻第一一号　平成二七年一一月

「万葉集伝来史上の広瀬本万葉集の位置」「国文目白」第五六号　平成二九年二月

第五章

「長歌訓から見た万葉集片仮名訓本―廣瀬本万葉集を中心として―」「上代文学」第九三号　平成一六年一一月

「片仮名訓本系統の長歌訓の誕生」「関西大学アジア文化研究センター　ディスカッションペーパー」第八号　平成二六年三月

第六章

「廣瀬本万葉集の性格―巻二十の特異な傾向をめぐって―」「文学」（季刊）第六巻第三号　平成七年七

月

第七章
「万葉集仙覚寛元本の底本―京大本代赭書き入れと仙覚本奥書からの考察―」「上代文学」第一一三号
平成二六年一一月
「万葉集仙覚校訂本における親行本の扱い」「美夫君志」第九二号　平成二八年三月

第八章
「万葉集片仮名訓本の長歌訓―二種類の訓をめぐって―」「国語国文」第七六巻第六号　平成一九年六月
「万葉集伝来史における片仮名訓本の位置―平安期片仮名訓本との関係―」「美夫君志」第七七号　平成二〇年一一月
「万葉集訓点史における片仮名訓本」「文学」（隔月刊）第八巻第五号　平成一九年九、一〇月
「万葉集仙覚校訂本と次点」「国語と国文学」第九六巻第一一号　令和元年一一月

第九章
「春日本万葉集の再検討」「文学」（季刊）第一〇巻第四号　平成一一年秋
「広瀬本万葉集の信頼性」「和歌文学研究」第九一号　平成一七年一二月

第十章
「廣瀨本万葉集の性格―巻二十の特異な傾向をめぐって―」「文学」（季刊）第六巻第三号　平成七年夏
「万葉集忠兼本の系譜」「国語国文」第八四巻第一一号　平成二七年一一月

「万葉集伝来史上の広瀬本万葉集の位置」「国文目白」第五六号　平成二九年二月

本書全般と関わる論文

「万葉集〈片仮名訓本〉の意義」「万葉語文研究」第七集　平成二三年九月

「廣瀬本万葉集とはいかなる本か」「関西大学アジア文化研究センター　ディスカッションペーパー」第八号　平成二六年三月

あとがき

筆者の廣瀬本との出会いは、序に記したように、平成五年暮れの新聞報道にあったのですが、その時の第一印象は、「この本は、題詞が高い！」ということに尽きます。

巻二十の尾題と藤原定家の奥書が載る画像の第一行には、『万葉集』の巻末歌の題詞が六字分（「等之宴歌一首」）見えていたのですが、それが続く歌よりも高く書かれていました。題詞が歌より高く書かれる本は古いものです。廣瀬本への期待は、否が応でも高まりました。しかし、年が明けて見ることになる『校本万葉集』のパンフレット（新増補・追補）の画像からすると、廣瀬本は題詞の低い本であるようでした。

ならば、どこかで題詞の高さが変わっていることになります。廣瀬本の画像が公開される（『校本万葉集』別冊一～三）平成六年暮れまでが実に長く感じられたものです。画像が公開され、題詞が巻二十の途中で高くなっていて、これが、名前だけは知られていて、伝本としては残っていない「九十余首なき本」の痕跡であることが分かったときはいささか興奮もしました。その時、筆者の頭に浮かんでいたのは、これで平安期の『万葉集』の伝来を明らかにすることが出来るということでした。ところが、案に相違して、廣瀬本の研究は、平安期の伝来に溯るのではなく、それより後の鎌倉期の仙覚校訂本の生成の方に向くことになりました。

一連の研究の中で、仙覚の『万葉集』校訂は、従来考えられている以上に革新的で偉大な研究であることが分かってきましたが、それらが形作られる前に片仮名訓本系統という一連の伝本群が存し、仙覚の校訂の準備段階を担っていたことが明らかになりました。それもこれも、廣瀬本出現のおかげです。

廣瀬本の名称の元となった廣瀬捨三氏は、英文学者で蔵書家、関西大学の学長を務めた方です。『校本万葉集』別冊のあとがきによれば、百貨店の古書市でこの本を入手した由です。母校の京都大学で『万葉集』を学んだ縁で、『万葉集』の伝本を机辺に備えたかったためと記されています。ところが、当時、廣瀬氏が勤務されていた関西大学には、『校本万葉集』(新増補)の編者を務める木下正俊、神堀忍という著名な『万葉集』伝本研究者が二人もいらっしゃいました(現在では、一つの大学に『万葉集』の研究者が二人いることさえ希有なことです)。その上、廣瀬本にゆかりの深い藤原定家の古典書写研究の第一人者である片桐洋一氏もお勤めでした。この三氏によって、廣瀬本の価値は明らかになりました。今考えても、本当に奇跡の出会いです。

本文中にも述べたことですが、廣瀬本は貴重な本ではありますが、江戸時代後期の書写で、少なくとも骨董的な価値は低いものです。もし、あの時廣瀬氏が古書市で購入しなかったら、廣瀬本はその価値が認められることなく、歴史の闇に埋もれていたかもしれません。氏の勤める関西大学に先の三氏がいなかったら、画像の公刊はなかったかもしれません。その意味で、廣瀬本はまことに関西大学にゆかりの深い本であると言えます。

最後にもう一つ、廣瀬本が世に広まるには、『校本万葉集』の別冊として公刊されたことが重要ですが、それに際して、岩波書店の編集者（当時）である佐岡末雄氏の尽力があったことを明記しておきたいと思います。

本書では『万葉集』を中心に多くの図版を使用しています。使用にあたっては、それぞれの所載先から掲載の許可をいただいております。ここに記して感謝申し上げます。

美夫君志リブレに寄せて

いうまでもなく、万葉集は日本が世界に誇り得る偉大な文化遺産である。千二百年という時代を経て、日本のみならず、世界の主要な言語に翻訳されて世界の人々に読まれている文学は他にあるであろうか。まさに「古今東西」の人々に愛されているのである。

美夫君志《みぶくし》会は、その万葉集を勉強する会として名古屋の地に呱々の声をあげてから、六十年という年月が経った。初代会長松田好夫先生は、「万葉開放」をこの会の基本姿勢として掲げ、万葉集を研究し、それをより多くの人々に提供することが美夫君志会の使命であるとされた。この「研究」と「開放」を柱に、美夫君志会は活動を続けてきた。六十周年を記念して、新しい活動の分野を求めて、「美夫君志《みぶくし》リブレ」の刊行を計画した。万葉集の心を伝える「新書」の刊行は、日本の文化活動に大きく寄与することが出来ると確信している。

万葉人は、われわれに語りかけて止まない。それを受け止め、心豊かに生きる糧とするため、万葉集をより深く知り、より広い人々のものとする「美夫君志リブレ」が多くの人々に愛読されることを願ってやまない。

一九九九年九月七日

美夫君志会名誉会長　加藤　静雄

田中大士（たなか・ひろし）
1957年　浜松市に生まれる
1986年　筑波大学大学院博士課程単位修得退学
現　在　日本女子大学教授　　博士（文学）
著　書　『和歌文学大辞典』（古典ライブラリー，2014年・共編）
　　　　『春日懐紙（大中臣親泰・中臣祐基）』（汲古書院，2014年）

はなわ新書　085［美夫君志リブレ］

衝撃《しょうげき》の『万葉集《まんようしゅう》』伝本出現《でんぽんしゅつげん》
―廣瀬本《ひろせぼん》で伝本研究《でんぽんけんきゅう》はこう変《か》わった―

2020年９月25日　初版１刷

著者
田中大士

発行者
白石タイ

発行所
株式会社塙書房
〒113-0033　東京都文京区本郷６-26-12
電話番号　03-3812-5821　FAX　03-3811-0617
振替口座　00100-6-8782

印刷所
亜細亜印刷

製本所
弘伸製本

装丁
中山銀士

落丁・乱丁本はお取り替えいたします。定価はカヴァーに表示してあります。
　ISBN 978-4-8273-4085-3 C1291